D1559122

El Escritor de Epitafios

ALFAGUARA

© 2011, Hernán Rivera Letelier
c/o Guillermo Schavelzon & Asoc. Agencia Literaria
info@schavelzon.com
© De esta edición:
Santillana Ediciones Generales, S.A. de C.V., 2012
Av. Río Mixcoac 274, Col. Acacias,
México, D.F., 03240, México
Teléfono 5420 7530
www.alfaguara.com.mx

ISBN: 978-607-11-1669-7
Primera edición: enero de 2012

© Diseño:
Proyecto de Enric Satué

© Diseño de portada:
Patricia Hordóñez

Impreso en México

Hernán Rivera Letelier

El Escritor de Epitafios

Un ángel se insinúa en cuanto aparece alguien
que dice estar enamorado de la muerte.

ALFONSO CALDERÓN
Ángeles de una sola línea

1

He aquí que algo estremece de súbito al Escritor de Epitafios, un soplo de aire o de luz, algo apenas perceptible, apenas terrenal, pasa a través de su cuerpo haciéndolo sentir liviano, ingrávido, etéreo (si tuviera que explicárselo a un gentil, diría que es como si de pronto sus zapatos soltaran amarras), y ahí, en la mesa del café, circundado de conversaciones prosaicas, mientras su té se enfría irremediablemente, es invadido por una sensación que vuelve sus huesos fosforescentes, que le convierte el mundo en un calidoscopio alucinante (como si los ojos se le facetaran, le diría al gentil, se le hicieran giratorios y vieran hacia todos lados a la vez, como los insectos). El universo resplandece ante él con una intensidad nueva, cada objeto cobra una importancia cósmica —un grano de azúcar es una montaña nevada y el azucarero de metal sobre la mesa, un astro con luz propia—, y en la cotidiana luz de mediodía, transfigurado de asombro, la eternidad se le manifiesta real y terriblemente bella. Una mujer se acerca y le pregunta si puede sentarse. La estaba esperando, dice él, atolondrado, y de inmediato se sorprende de lo que ha dicho. Ella comienza a hablar; él, espiritualizado, la contempla en silencio, piensa que esa mujer tiene un aura como de flor azul. Sus ojos marchitos denotan largas noches de llanto. Tras un rato de conversación intrascendente, la oye contar la gran congoja de su espíritu. Vean con qué consagración él la escucha, la atiende, la considera; luego, de modo natural, sin rituales ni ceremonias —los ángeles saben que los ritos no hacen sino impedir los milagros—, le habla con palabras simples como guijarros pulidos, que para la mujer devienen en revelación divina. Tras unos minutos, se despide: «Usted es un ángel», le dice, y se aleja bajo el azogue reverberante del mediodía. Él se queda observándola por sobre el marco de sus bifocales; su estela ya no es la de una flor triste, ahora ella sabe que a través de las lágrimas se puede ver mejor a Dios. Lentamente entonces retorna a su circunstancia: vuelve a ser hombre, parroquiano del café, escritor de epitafios (el grano de azúcar deja de ser montaña y el astro con luz propia, que llameaba sobre la mesa, vuelve a ser azucarero de metal). Bebe un sorbo de su infusión, se acomoda los lentes, respira hondo. Nadie se ha percatado del prodigio. Nadie se ha dado cuenta de su transfiguración. Con la simplicidad de gestos que lo caracteriza, se toma una aspirina y torna a su libretita de apuntes. La única evidencia de su fugaz estado de gracia es un leve halo de azoramiento iluminando su cara y, debajo de la mesa, sus zapatos desatados.

2

Le dicen el Escritor de Epitafios, pero en verdad es un ángel. Un ángel de café. Y como tal lleva una apacible vida bajo el toldo de su café preferido, apacible hasta la tarde en que ve pasar a la niña gótica que le ha de trastocar la existencia para siempre; una niña bella y delicada como sus guantes negros, de encaje, sin dedos.

Con su libreta de apuntes dispuesta sobre la mesa, sus lentes bifocales a media nariz y su tacita de té enfriándose —infusión que Alejandra, la mesera que lo atiende, le prepara en cuanto lo ve llegar (el tinte color violín y medio terrón de azúcar)—, el Escritor de Epitafios se pasa la mayor parte del día en la terraza del café del Centro, en el centro de la ciudad. A veces solo, a veces en compañía de sus amigos, los artistas.

Sentado invariablemente en el mismo sitio y siempre en la misma postura —un brazo acodado en la mesa y la mano sosteniendo la barbilla—, se le puede ver sumergido en la composición de sus textos angélicos, o concentrado en sus arcanas reflexiones. O simplemente observando el ir y venir de la gente con una unción sacramental, mientras toma nota y bebe de su té con la parsimonia de un condenado a la eternidad. Uno de sus axiomas recurrentes es que las personas, como los cometas, van dejando una estela a su paso: estelas luminosas, estelas oscuras, estelas leves como velos, recargadas como colas de pavo real. Estelas que nacen desde la expresión del rostro de cada uno.

«El rostro de uno es el rastro de uno», termina musitando con su voz pedregosa. Luego, agrega que el verso pertenece a Jaime Cevallos, un poeta iquiqueño y traslúcido, y que el muy ángel tuvo que haberlo escrito en una mesa de café.

Cuando, sorprendido en alguno de sus momentos de reflexión —el codo apoyado en la mesa, la mano sosteniendo la barbilla—, se le pregunta en qué está pensando, el Escritor de Epitafios —con sarcasmo de creyente o piedad de incrédulo— responde que en el misterio insondable de la existencia o no existencia de Dios. Para luego añadir, en un ligero dejo contemplativo, que ambas alternativas le parecen igual de sorprendentes y maravillosas.

Ante el reclamo irónico de sus amigos, los artistas, de que un ángel no tiene derecho a dudar de la existencia divina, él responde parsimonioso que los ángeles también dudan, queridos feligreses. Ellos, igual que los humanos, tampoco han visto nunca a su Creador cara a cara. Desde el último escalafón de la jerarquía celestial al que pertenecen —después de serafines, querubines, potestades, principados, virtudes, dominaciones, tronos y arcángeles—, lo único que les queda es la fe, el menoscabado recurso de la fe. Tan igual como a los pobrecitos mortales.

«De ahí que solo se sabe de ángeles caídos», dice con un leve rictus de abatimiento en el rostro, «nunca de algún espécimen de las jerarquías superiores».

3

En las tertulias del café con sus amigos, los artistas —el Pintor de Desnudos, el Escultor de Locomotoras, el Fotógrafo de Cerros, el Actor de Teatro Infantil y la Poetisa Erótica—, a veces alguien aledaño a la mesa mete su cuchara para comentar que es la primera vez que sabe de un ángel que escribe epitafios. Él deja su libretita de apuntes sobre la mesa, si es que la tiene en la mano, bebe un sorbo de su té ya frío y, con sus lentes a media asta, retruca con desaliento que en verdad el señor está equivocado, que la señorita o señora está equivocada, él es todo lo contrario: apenas un indigente escritor de epitafios que a veces las oficia de ángel.

De ángel sin alas, por supuesto.

Para esa clase de oyentes neófitos esto debe quedar claro desde el comienzo: los ángeles con alas no existen. Si precisaran de alas, pontifica con natural parsimonia —nunca con tono ni gravedad de científico—, requerirían también de colosales músculos para moverlas, y estos a su vez entrañarían un esternón de ave monstruosa, entonces sus figuras perderían la gracia y la levedad con que aparecen en los cuadros medievales; además, como más allá de la atmósfera no hay aire, las alas se les harían inservibles. De modo que si ángeles y demonios no precisaban de estas extremidades avícolas para volar —los ángeles, alas de paloma; los demonios, de murciélago—, el hombre tampoco las necesitaba. Si vivían pegados a la tierra no era por falta de alas, sino únicamente por sobrepeso de equipaje: mucha pompa, exceso de gravedad, abundancia de protocolo, demasiada conciencia de sí mismos.

«Mucha prosopopeya, amigo mío».

A menudo, el Escritor de Epitafios recuerda que de niño todo lo que volaba le era ángel: hojas de diarios elevadas por el viento, bolsas de plástico, motas de algodón; todo le era angélico, menos aquellas representaciones moldeadas en yeso que veía en nichos y altares de iglesias; figuras palmípedas, amazacotadas, sin vuelo, inexpresivas como las propias caras mofletudas de los curas.

«Más importante que el pájaro es el vuelo», dice.

De ahí que, parafraseando a Orígenes, el exegeta de Alejandría —cuando dijo que todo estaba lleno de ángeles—, para él todo el aire es ángel. O, mejor aún, todo el cielo es el Gran Ángel. Y cuando este ángel tutelar quiere entregar un mensaje, mitigar un sufrimiento, interceder en una catástrofe, o simplemente ofrecer compañía, alcanza con su hálito a un humano y lo transfigura en mensajero celestial. Pero no a cualquier mortal. No, señor. Solo algunos privilegiados son dignos de ser tocados por la gracia. Aunque las características de los elegidos no son nada del otro mundo, sino más bien simples y sencillas. O por lo menos así lo parecen. Y se larga a enumerarlas:

1. Irresponsables como los pájaros.
2. Lúcidos como las estrellas.
3. Idos como una flor.
4. Adoradores de nubes.
5. Cazadores de crepúsculos.
6. Atolondrados con el sexo opuesto.

Además de lentos y despeinados, estos ejemplares prefieren el ocio al negocio, se pueden llevar días completos en la mesa de un café mirando pasar a la gente, o tarareando canciones pasadas de moda. Ellos van por el mundo acompasando la estridencia de la vida moderna y recordándonos el lento y primordial ritmo humano.

Otra de sus características, dice el Escritor de Epitafios, es que buscan pasar inadvertidos como la luna en el día. Y tienen pudor hasta de decir su nombre. Solo lo dan si es estrictamente necesario. Nunca serán como aquellos que mandan a imprimir sus nombres completos en primorosas tarjetitas ribeteadas en oro y van por la vida sembrándolas alegremente.

«Ah, y jamás se toman en serio. Los ángeles pueden volar, amigos míos, porque se toman con liviandad».

«Ergo, un ángel no sirve como pisapapeles», le retruca irónico el Pintor de Desnudos.

Él no le hace caso y termina diciendo que además de todo lo enumerado, estos especímenes suelen ir por los sueños de las niñas en bicicleta y contra el tránsito (como le contó una vez una niña que soñó con él).

«En definitiva», dice bebiendo de su ecuménica tacita de té, «un ángel se ve igual que una persona normal, solo que más intensamente».

4

La primera vez que el Escritor de Epitafios vio a la niña gótica fue por los primeros días de febrero, en un caluroso atardecer de cielos rojos.

Con su libreta de apuntes abierta sobre la mesa, su taza de té en la mano y sus lentes bifocales a media nariz, le estaba diciendo a sus amigos que desde la mesa de un café los ángeles miran a la gente con la misma unción con que la gente vería pasar una bandada de ángeles en Domingo de Ramos, cuando vio a la niña cruzar entre la muchedumbre.

Era un lento velero oscuro.

Bella, pálida, ataviada de negro, íngrima en la aglomeración, la niña gótica caminaba con una especie de languidez altiva. Llevaba guantes de encaje, sin dedos, medias de redecillas, bototos de caña alta y, a modo de mochila, un bolsón colegial de los antiguos. Fue una visión que no duró más de diez segundos (el paseo bullía de gente), tiempo suficiente, sin embargo, para que apreciara su extraña belleza y tomara nota mentalmente de su visión.

«Es un ángel eclipsado», escribió en su libreta donde guarda sus «apuntes angélicos».

Además de leer, meditar, ver pasar gente, el Escritor de Epitafios se entretiene en el café escribiendo textos sobre ángeles, esto desde que comenzó a ser tocado por el Gran Ángel. Sus amigos, los artistas, apóstatas incrédulos, lo estiman y admiran sinceramente; por lo mismo, lo oyen con benevolencia, como se oiría a un cuerdo de remate en la sobremesa de un asilo de locos.

El sexteto que conforman es variopinto. Y más bien *non sancto*. El Pintor de Desnudos, joven, alto, de melena al estilo del romanticismo, es un donjuán impenitente, que tiene por costumbre fornicar con todas sus modelos. Aparte de caballetes, paletas y telas, todo el mobiliario de su taller —una casa de madera no muy lejos del café— consiste en un destartalado sillón de cuero, ahíto de lamparones de óleo, acrílico, acuarela y otras manchas, si no tan artísticas, más humanas. El sillón es famoso entre los amigos. Ellos también usufructúan de él. Cada uno, excepto el Escritor de Epitafios, tiene una copia feliz de la llave de su *atelier*, como lo llama la Poetisa Erótica.

Al Fotógrafo de Cerros, hosco como los mismos cerros, le falta un ojo, cuestión que, según alega con una convicción envidiable, no le es ningún infortunio; al contrario, le facilita en gran medida su trabajo. Le dicen como le dicen porque su primera exposición consistió en una veintena de cerros costinos que en conjunto formaban una prehistórica manada de elefantes tornasolados. La gracia era que había retratado el mismo cerro desde distintos ángulos, a distintas horas del día, con distintas tonalidades de luz. Como corresponsal fotográfico de un diario capitalino, su chaleco lleno de bolsillos y cremalleras lo lleva todo el tiempo repleto de la parafernalia de su trabajo. Además de sudar como caballo de paco, según lo joroban los amigos, se la pasa todo el tiempo acomodándose el parche con que cubre la cuenca de su ojo izquierdo.

El Actor de Teatro Infantil, el más joven del grupo, es un individuo con cuerpo de niño, afilados rasgos de cuye y una sonrisita vitrificada en sus labios pálidos. En el café, además de tomar solo leche pura, le encanta jugar a que el mantel de la mesa es su vestido. «Si se raspa a un actor», lo suele joder el Pintor de Desnudos, «debajo aparecerá inexorablemente una actriz». Él no dice nada, solo se lo queda mirando con sus ojos blandos, saltones, eternamente humedecidos.

El Escultor de Locomotoras, un arquitecto recién recibido, es el único casado. Aunque nunca nadie ha visto a su mujer. Su gran obra es una gigantesca escultura hecha con piezas en desuso de antiguas locomotoras a carbón, erigida en el patio central de la estación del ferrocarril Antofagasta-Bolivia. De ahí su apodo. Además, tiene el pelo duro y un gesto férreo en su rostro moreno. «Este tiene hasta cara de locomotora», dicen los demás. Es el más adicto al café. «¡Un café doble!», truena con sorna, luego de que el Actor de Teatro Infantil pide su vasito de leche pura, tibia y sin azúcar. Después repite a quien quiera oírlo, que el café ideal, según un proverbio turco, debe ser negro como el diablo, caliente como el infierno y suave como el amor.

La única mujer, y musa del grupo, es la Poetisa Erótica, una cuarentona delgada y pequeña, de melena rubia teñida, que, además de cursi y sentimental, es ninfómana —es un secreto a voces que sus vibraciones vaginales han alcanzado a casi todo el grupo—. Amantísima de las bellas letras, se pasa la vida pendiente de festivales y concursos de poesía regionales, nacionales e internacionales, a los que envía sus poemarios sicalípticos con una perseverancia de náufraga lanzando al mar sus botellas de auxilio. El Actor de Teatro Infantil la ha apodado la Absoluta; y no porque sea partidaria del absolutismo como posición política o religiosa, sino porque sus réplicas a cualquier clase de observación o comentario son dos, siempre las mismas: «absolutamente» o «en lo absoluto».

El Escritor de Epitafios, como además de ser el más viejo es el más viajado —«Gracia o desgracia del exilio», dice lacónico—, se ha pasado media vida sentado en terrazas de cafés, en distintas partes del mundo. «Viendo pasar la gente y las nubes». En sus escasos momentos de locuacidad asegura enfático que la gente de estela más brillante es la de Orbietto, un bello pueblito medieval de Italia, fortificado en lo alto de una colina. Y que sin lugar a dudas las nubes más luminosas y más bellamente cinceladas las ha visto en el cielo de París. Cada vez que en la mesa hace esta última aseveración

—un trazo de nostalgia ablandándole la cara—, sus amigos ya saben lo que viene enseguida. Y lo que viene enseguida es el recuerdo remoto de una tarde en París, cuando en la terraza de un café de Montparnasse, un intempestivo chubasco hizo que la más hermosa de las parisinas, estilando sensualmente su vestido delgadísimo, llegara corriendo a guarecerse bajo el pequeño toldo de su mesa. Aunque no cruzaron palabras, el Escritor de Epitafios dice que nunca supo quién embelesó más a quién: si ella al sonreírle como a su ángel salvador, o él al quedársela mirando como una fugaz aparición de gracia.

5

En sus exiguos momentos de expansión, el Escritor de Epitafios suele predicar que nadie pierde el tiempo en una mesa de café. Menos los ángeles. Y que esto es desde siempre, desde la inauguración de los primeros cafés de Europa, allá por el siglo diecisiete. Y aquí, indefectiblemente, comienza a disertar sobre la importancia de los cafés para el mundo angélico.

Con sus lentes a media nariz, saboreando su infusión de té, dice que en principio los ángeles eran asiduos a las bulliciosas tabernas de comidas, pero que estas eran demasiado mundanas para sus intenciones creativas y propósitos filosóficos. De modo que en cuanto se inauguró el primer café en París, todos, en bandada, se mudaron sin pensarlo dos veces. Asegura que en las pinturas de cafés del siglo diecinueve y principios del siglo veinte, aparecen las figuras de varios de estos ángeles —generalmente en segundo plano—, pero que ni los mismos artistas supieron nunca que habían retratado a uno. Corrientemente, estos ángeles eran poetas, actores, pintores, filósofos, arquitectos, bataclanas o cantantes de ópera. Que los críticos de arte, dice, en especial los de literatura, no figuran en esta jerarquía. Nunca han figurado.

Que el más saudoso y solitario de los ángeles de café que ha existido —tan solitario que tuvo que inventarse una serie de heterónimos para sentirse en compañía— es el poeta Fernando Pessoa, a quien en la terraza del café A Brasileira, en Lisboa, le hicieron una escultura en hierro que lo representa sentado en la misma mesa que solía usar para escribir y ver pasar la gente.

Aquí, el Escritor de Epitafios gusta de hacer un paréntesis y contar —más todavía si hay alguien nuevo en la mesa— que Fernando Pessoa, igual que él, pasó su vida en habitaciones de alquiler, y que para subsistir hacía traducciones comerciales en oficinas portuarias. Después agrega que Pessoa no era el único ángel con un empleo desangelado; que Franz Kafka, por ejemplo, se ganaba el pan en el Instituto de Seguros contra Accidentes de Trabajo de Praga; que Paul Valéry las oficiaba de empleado municipal, y que Constantino Kavafis era funcionario del Ministerio de Obras Públicas en Egipto.

Tras quedarse un rato viendo pasar la gente (solazándose en el tobillo delicadísimo de una muchacha, adornado con una fina cadena de oro), bebe un sorbo de té y prosigue diciendo que para los ángeles el café es el sitio social y democrático por antonomasia, que allí cada cual va a hacer lo suyo. Acto seguido se lanza con un heterogéneo listado de artistas ángeles y lo que cada uno de ellos iba a hacer a su café favorito: Ezra Poud iba a jugar al aje-

drez; Jacques Prévert, a leer sus poemas; Apo-
llinaire, a crear revistas; Maiakovski, a fomentar
revoluciones; Tzara, a lanzar manifiestos; César
Vallejo, a velar un pan con dos cerillas; André
Breton, a decretar excomuniones, y Burroughs,
a fumarse un porro.

«Sin embargo», termina con ironía, «ángeles hay en la viña del Señor que van al café
simplemente a tomarse un café, como cualquier
animal humano».

Para rematar la charla, el Escritor de
Epitafios gusta de contar un sueño soñado en
los tiempos más duros de su exilio. Mientras
dormía en un estacionamiento de autos de ya
no se acuerda qué ciudad alemana, soñó que
estaba en un café de Praga. Era una lluviosa
tarde sepia. En una mesa adyacente, también
solo, veía a Franz Kafka, lo reconocía por su
aire de ratón entrampado. En un instante, el
autor de *La metamorfosis* giraba su cabeza hacia
él y pronunciaba unas palabras. No obstante el
tiempo transcurrido, el Escritor de Epitafios
aún espera el milagro de recordar, aunque no
más sea una sola de esas palabras que en el
sueño le fueron espesas y luminosas como cu-
carachas ardiendo.

6

La segunda vez que el Escritor de Epitafios ve a la niña gótica es un populoso viernes de ventolera, y también ocurre en horas de la tarde.

El cielo sobre el mar, como en cada verano, se ve atosigado de una gradación de rojos, ocres y bermellones. Es una puesta de sol que invita al lirismo. Y aunque desde el café solo se puede observar un retazo de ese lienzo, los amigos, exaltados de poesía, se largan a perpetrar comparaciones y metáforas. El Fotógrafo de Cerros dice que el magnífico crepúsculo ante sus ojos es como el flash en colores de la Canon de Dios. La Poetisa Erótica declama que, obscenos de tonalidades imposibles, esos arreboles son el incendio de una catedral cósmica. El Escultor de Locomotoras, que odia todo lo eclesiástico, masculla que tiene razón la Poetisa clitolírica; pero dado esos fastuosos tonos púrpuras, se trataría de una catedral ardiendo con obispos y cardenales dentro, cada uno ataviado con sus más ricos paramentos litúrgicos.

En el momento en que el Escritor de Epitafios, con su taza de té en la mano, está comparando la puesta de sol con un dinamitazo de luz, se le aparece la oscura silueta de la niña gótica en un ángulo de su vista. De la misma forma que un cuervo agrega belleza a un vuelo de garzas blancas —como ha leído en un haikú—, siente que el pincelazo negro de la niña embellece aún más el luminoso cuadro de la tarde.

La niña no viene sola. Aparece junto a otros integrantes de la tribu gótica, varones y mujeres tan jóvenes y extravagantes como ella. Con sus terciopelos y holanes fuera de época, las niñas exteriorizan un aspecto romántico, muy similar al estilo renacentista. Ellos, en cambio, con indumentarias de cuero, muñequeras y cinturones remachados y mucha púa y cadenas colgantes, son una apología de la violencia. Además, uno, el más fiero entre ellos, ostenta una especie de guante-manopla en su mano derecha. Sus fachas inspiran recelo entre los transeúntes.

El grupo se detiene frente al café a oír a un músico con aspecto de hindú. Volado y sin zapatos, recostado junto a su tarrito de los óbolos, el artista callejero hace sonar un instrumento parecido al laúd o al banyo, pero mucho más grande y como con veinte cuerdas.

«Se llama sitär», dice el Escritor de Epitafios, y agrega que fue en Europa donde vio por primera vez aquel instrumento.

Mientras la música, delicada y brillante, impregna el aire como de filudos cristales helados, el Escultor de Locomotoras, sin quitar la vista de los jóvenes vestidos de negro, se larga a discurrir didácticamente sobre la historia del movimiento gótico, tema del que hacía poco había leído un artículo en una revista alternativa.

Dice que el tal movimiento proviene de la caída de las utopías de paz y amor de la fallida revolución de los sesenta. Y que lo mismo que el hippismo llegó por estos lados cuando en San Francisco ya había sido oleado, velado y sepultado, la corriente gótica, iniciada en la década de los ochenta en Inglaterra, en un club nocturno llamado La Cueva del Murciélago, está recién prendiendo en esta parte del mundo. Que todavía se ven muy pocos adeptos, y los pocos que se atreven a mostrarse en público, como ahora mismo lo están comprobando, llaman ostensiblemente la atención de la gente.

El Escritor de Epitafios se ha desentendido por completo de sus amigos y se solaza viendo más de cerca a *su* niña gótica, observándola más tiempo y con mayor detención. Ella es más alta y más bella que sus amigas.

Tras un rato de oír al músico, los varones del grupo algo dicen a las niñas y luego siguen su camino. Ellas se quedan. Sus fachas oscuras y silenciosas, su palidez extrema y su expresión de almas en pena, contrastan fuertemente con las risas y los colores de la ropa de verano de los transeúntes. De cerca, las niñas ya no parecen tan románticas como se apreciaban de lejos. Además de su ropaje oscuro y sus bototos de caña alta, y sus anacrónicos bolsones de colegio que usan de mochila, las tres llevan ojeras, labios y uñas pintados de negro, *piercings* en los labios, en las narices, en los párpados, y la mitad de la cara tatuada de extraños arabescos.

«Parecen los negativos de tres albinas vestidas de primera comunión», dice el Fotógrafo de Cerros, continuando con el juego de imágenes.

«Tienen el enigma de la noche absoluta», recita grave la Poetisa Erótica.

El Escultor de Locomotoras las mira sin decir nada. Acuciado por sus amigos, gruñe que le gustaría compararlas con tres locomotoras antiguas, de esas negras, de fierro, pero sus apariencias frágiles y sigilosas se lo impiden. Al final, por decir algo, dice que las niñas le parecen tres penachos de humo negro.

«De locomotoras de carbón, por supuesto».

Las niñas no hablan entre ellas. A la vera del ruedo de gente, ostentan un aire de languidez rayano en lo morboso. Sin embargo, la que atrae al Escritor de Epitafios destaca por su porte y por la elegancia de sus movimientos. Es alta y delgada, tiene ojos claros —casi transparentes—, y se ve que le dificulta sobremanera adquirir esa lasitud de paloma enferma que despliegan sus amigas. Aparte de sus guantes negros, de encaje, sin dedos, que a él le parecen de una sensualidad exquisita, cada gesto de su cuerpo exhala un erotismo que por inconsciente resulta doblemente inquietante. Él piensa que ella tiene más de gata que de paloma.

«Ella es un ángel felino», dice para sí.

7

Como si de pronto hubiese descubierto que en lo sombrío subyace lo bello, desde esa tarde el Escritor de Epitafios comienza a loar el delicado aire de zombi de la niña, su juvenil aspecto de muerta en vida, sus atavíos de luto delirante. En el café, ante sus amigos, los artistas, con su té enfriándose y su libreta de apuntes cerrada sobre la mesa, no hace más que hablar de ella y de sus preciosos guantes negros, de encaje, sin dedos.

El Fotógrafo de Cerros, acusándolo con el brillo de su solo ojo, le recuerda, en tono de sermón católico, que no se olvide que él es un señor de más de cincuenta años —su edad exacta es uno de los enigmas del Escritor de Epitafios— y que la niña apenas andará por los dieciséis.

Él bebe un sorbo de su taza y, tras quedarse un rato escudriñando el paso de las nubes por sobre el marco de sus bifocales, dice que todo ángel tiene más de cincuenta.

«Y dieciséis es la edad de las hadas», acota entusiasmado el Actor de Teatro Infantil, riendo su ratonil risita de dientes afilados.

«Además, si uno no es un yogur, la fecha de nacimiento importa muy poco», dice con aire cínico el Pintor de Desnudos.

Mirándolo de reojo, como echándole en cara lo prosaico de lo que acaba de decir, la Poetisa Erótica ordena su melena en un sensual gesto instintivo y susurra en tono declamatorio:

«Al final uno tiene la edad del ser que ama».

El Escultor de Locomotoras, siempre ensimismado, hace un esfuerzo y sentencia que para un hombre viejo, igual que para un tren, es mejor gastarse que enmohecerse. El Escritor de Epitafios acepta el calificativo de viejo y dice con desgano que el hombre se da cuenta de su vejez cuando el esqueleto comienza a apurarlo pateándole el trasero, haciéndole recordar que siempre ha estado ahí, al fondo de todo, como símbolo irreversible de la muerte. Y el suyo ya ha comenzado a darle paladitas hace rato. Pero que si a estas alturas de su vida aún es un ángel solitario, sin pareja, no es por viejo, o porque le estén fallando las glándulas, no, señor, es simplemente porque no ha hallado a la mujer indicada. Una que vuele. Si no saben volar no le sirven, dice. Y esta muchacha se ve de lejos que vuela.

«Ella vuela, muchachos», remata jubiloso.

Ante la mirada de fiscal de sus amigos, los artistas, el Escritor de Epitafios levanta un índice admonitorio y los llama al orden: que no se equivoquen los malpensados, que lo que la niña le inspira es solo erotismo, puro erotismo, y ellos deberían saber que al erotismo le basta con la imaginación y algo de fantasía. En

cambio, la sexualidad es otra cosa; la sexualidad, como el teatro, requiere de un par de actores y una mínima parafernalia. Además, él
hace rato que lleva una vida de asceta, con abs-
tinencia absoluta.

Aquí, el Actor de Teatro Infantil, jugando
como siempre con el mantel de la mesa —si-
mulando que es su pollera—, salta presto para
decir, mirando de reojo a la Poetisa Erótica,
que él sabe de alguien que lo puede curar de
eso en un abrir y cerrar de ojos. El Escritor de
Epitafios, sin darse por aludido, apenas saboreando otro sorbo de su té frío, dice que ya lo
ha dicho el gran Victor Hugo: «Así como Dios
es la plenitud del cielo, el amor es la plenitud
del hombre». Pero él ha huido siempre del
amor como de una peste.

La Poetisa Erótica, mirándolo extasiada
y queriendo subrayar lo del amor, mete su cu-
charita romántica para decir que Victor Hugo
tiene razón, absolutamente, pues el amor re-
dime del hastío y del cansancio de la vida.

«El poder del amor nos hace oír colores,
ver música y saborear formas», dice embriaga-
da de lirismo.

«Eso es una enfermedad y se llama sines-
tesia», interviene irónico el Fotógrafo de Cerros.

El Pintor de Desnudos deja su cigarrillo
en el cenicero, se echa complacientemente hacia atrás en la silla y le espeta sarcástico que lo
mejor es que le haga caso al Escultor de Locomotoras: que en vez de dejarse oxidar como un
viejo tren a carbón, comience a desgastarse.

«Ustedes, los nacidos en mitad del siglo veinte, no tienen de qué lamentarse», dice. «Al contrario, deberían agradecer todos los días de su vida al dios de la moda y al dios de la ciencia. Pues justo cuando los de su generación entraban a la pubertad y, por consiguiente, al vicio del placer solitario, la Mary Quant les inventó ese atuendo maravilloso que es la minifalda, y las piernas al aire de las muchachas en las calles fue el más lúbrico estímulo que los onanistas llegaron jamás a imaginar. A cartón seguido, cuando comenzaban recién a tirar, a follar, a mojar el pincel, como decía mi abuelo, llegó la revolución de las flores con su bacanal de amor libre, y, de yapa, la excomulgada pastillita anticonceptiva, de modo que los lindos pudieron dedicarse a fornicar a lo loco y sin ningún miramiento. Y ahora, para rematar el cuadro, cuando ya comienzan a ponerse viejos y cada vez se les hace más difícil vencer la fuerza de gravedad, a los muy hijos de los arcángeles les inventan la pastillita azul».

«¡Eso es lo que se llama nacer con una estrella en la frente!», remata eufórico el Escultor de Locomotoras.

El Escritor de Epitafios, evitando sonreír, abre su astrosa libretita de apuntes y simula sumergirse en ella. La Poetisa Erótica le pone una mano en la rodilla y, con el alacrán de sus ojos verdes pataleando lascivamente —hace rato que le tiene ganas—, para rematar la discusión le dice que no hay que temerle al amor, amigo mío. En lo absoluto.

«Muchas veces se sufre más con los pensamientos que con los sentimientos», sentencia
con los ojos en blanco.

8

La tercera vez que el Escritor de Epitafios ve a la niña gótica, le resulta un desconcierto mayúsculo. Jamás hubiera imaginado que ocurriría lo que ocurrió.

Ni cómo ocurrió.

Es una tediosa tarde de sábado, de esas grises como barcos de guerra, y, sin previo aviso, sigilosa como la noche cerniéndose sobre la ciudad, la niña aparece a su lado en la mesa del café. Él se halla absorto en la corrección de un texto cuando la adolescente surge de la nada, como los fantasmas.

El texto trata de un ángel vendedor de números de lotería que entra al café y se encamina directo hacia la mesa donde una mujer joven ríe con sus amigas. Al ofrecerle un número a la muchacha, esta le pregunta si le trae la suerte. «Más que eso, mi dama», responde el ángel, «lo que le traigo es la felicidad». La mujer escoge un boleto y el ángel respira aliviado. Justo en ese momento aparece la casera que vende los boletos en ese café, en sus manos lleva el número que esa semana ganará el premio mayor y que la joven le rechaza amablemente, pues recién nomás, señora linda, acabo de comprar uno. El ángel, en la puerta, sonríe satisfecho. Su misión está cumplida: ella es una muchacha buena que no ha venido a este mundo a sufrir los inconvenientes de tener mucho dinero.

Esta vez la niña gótica viene enfundada en un vestido largo, de terciopelo negro, mangas englobadas y ribetes de color púrpura, que le da un inquietante toque medieval. Además de un rosario rojo que le sangra en el pecho, lleva una ristra de *piercings* en sus párpados negros, uno en la nariz, tres en cada labio —labios negros— y el más grande en la lengua. Su cara luce una palidez de cadáver de teatro.

Sin embargo, por entre el tizne de sus párpados de muerta, la mirada de sus ojos claros asoma profunda y bella. Lo mismo que las líneas y el vigor de su cuerpo adolescente emergen innegables por debajo de su ropaje y sus ornamentos réprobos. Además de su belleza crepuscular, la niña posee una sensualidad que se le escapa a raudales en cada uno de sus gestos.

«¿Usted es el señor escritor?», la oye preguntar ceremoniosa.

Él responde con un leve movimiento de cabeza, mientras piensa que su voz es dueña también de un hermoso tono oscuro.

Con toda la lentitud del mundo, sin sentarse, ella se quita su bolsón mochila, lo apoya en una silla, desabrocha las dos hebillas de bronce, saca de su interior una hoja de cuaderno doblada en forma de cruz y se la pasa. Y mientras con la misma parsimonia comienza a repetir toda la operación a la inversa, hasta ponerse el bolso de nuevo a la espalda, le dice lacónica:

«Es mi primer poema».

El Escritor de Epitafios, aún estupefacto, sin dejar de observarla, espera pacientemente a que termine su afán con el bolso. Luego, le ofrece asiento. Tras dudarlo un segundo, la niña gótica se sienta. Lo hace levemente, en la punta de la silla. Mientras él despliega el origami hecho en una hoja de cuaderno universitario, cuadriculado, no puede dejar de mirar de soslayo sus delicados guantes negros, de encaje, sin dedos. Parece capturado por su hechizo. Desde las demás mesas, los parroquianos los observan sin ningún escrúpulo. Después de estirar el papel sobre la mesa, el Escritor de Epitafios se acomoda sus lentes bifocales, carraspea por costumbre, y lee en voz baja solo para él y para ella:

Véndame los ojos
amo la noche
mi corazón es negro
empújame hacia la noche
todo es falso
sufro
el mundo siente la muerte
los pájaros vuelan los ojos desorbitados
eres sombrío como un cielo negro.

Al terminar la lectura, sin decir nada, con la misma parsimonia de la niña, se da a la tarea de plegar de nuevo el papel siguiendo una a una las marcas de los dobleces, y se lo devuelve. Luego, bebe un sorbo de su taza de té y se la queda mirando en silencio.

«¿Qué le parece?», pregunta ella, adelantando un poco la cabeza en una leve señal de interés.

«Magistral», dice él.

Y sin quitar los ojos de sus ojos claros, agrega:

«Siempre me ha gustado cómo escribe Georges Bataille».

La niña no hace ningún gesto. Solo se pone de pie y se acomoda el bolsón a la espalda.

«Era solo para saber si sabía», murmura con un dejo de altivez.

«Cualquier tarde le traigo uno mío».

Y se va.

El Escritor de Epitafios queda encantado con su atrevimiento.

He ahí al Escritor de Epitafios yendo a la plaza a lustrarse los zapatos. En la calle su figura de ángel desgarbado es inconfundible. Véanlo caminar bajo el sol con sus bluyines desteñidos, su impertérrita chaqueta de cuero negra y su libreta de apuntes bajo el brazo. Sus deslavadas camisas psicodélicas son el más claro vestigio de su época de hippie. En verdad, él es un ángel anacrónico, irredento, atrapado para siempre en la década de la revolución de las flores. El anciano lustrabotas, rodeado de betunes y anilinas, lo saluda respetuosamente preguntándole por su salud. Al responderle él que su salud va bien, que muchas gracias, el viejo añade su consabido: «Eso es lo mejor, amigo mío, lo demás es de yapa». El Escritor de Epitafios suele decir que este anciano con rostro de boxeador jubilado —pelo duro, cejas caídas y nariz quebrada—, que aún peina un marchito jopo a lo James Dean, le ha enseñado una lección de humanidad indesmentible: cuando se le pregunta a alguien por su salud, lo mínimo por hacer es esperar a oír su respuesta. A veces él sospecha que este viejo, con su mirada huidiza y la piel de sus manos manchada con todos los colores de calzado que en el mundo existen, también las oficia de ángel, un ángel que se anuncia con olor a pasta de zapatos. Es que él lo sabe: no todo el tiempo los ángeles se anuncian por medio de un resplandor divino, también pueden hacerlo de manera coloquial y cotidiana: con un aroma de cocoa, por ejemplo, con una canción pasada de moda o con el fanal amarillo de una ampolleta de cuarenta watts saliendo de una ventana en una noche de intemperie. Tampoco hay que esperar a que el ángel posea botticellianas facciones de doncel asexuado: perfectamente puede aparecer con un rostro viejo y deslucido —como el del anciano lustrabotas—, pero esplendente de una humanidad piadosa y conciliadora. Además, el mensaje no siempre viene cargado de sabiduría, a veces solo consiste en regalar un instante de silencio u oír con genuina atención lo que la persona visitada tiene que decir. Incluso más: no siempre el ángel tutelar transfigura a alguien para entregar un mensaje o mitigar un sufrimiento o interceder en una catástrofe; también puede que haya amanecido de buen humor y quiera tocar a alguien solo porque sí, gratuitamente, como de pasada, de la misma forma que a veces en la calle se le toca la cabeza a un niño de cara sucia, o se palmotea el lomo a un perro de color barquillo. O como cuando se deja caer la única moneda en el tarro de un pordiosero solo porque su ladeada gorra de almirante resulta graciosa. Y esto puede suceder en cualquier momento y lugar, tal vez en el instante jubiloso en que se dobla una esquina y la brisa le da a uno de lleno en la cara. O como le ocurre ahora mismo al Escritor de Epitafios que, al pasar por debajo del Odeón, con sus zapatos relucientes, es embargado por esa especie de ilu-

minación súbita —prodigio, milagro, sospecha de inmortalidad, aliento de salvación— que algunos llaman epifanía y que no es sino ese instante de gracia en que el mundo se siente con sensibilidad de ángel, y todo parece nuevo y sorprendente: la simple aldaba de una casa en demolición puede revestirse de un sentido profundo, religioso, cósmico; y, al revés, el gran misterio del cosmos se puede volver simple como la herrumbrosa aldaba de esa puerta que nadie ha tocado en mucho tiempo. Todo eso en un brevísimo instante de luz.

La niña gótica sigue apareciendo por el café regularmente. Los primeros días solo por breves momentos —entregarle un poema, preguntarle por un libro, saludarlo—; después, poco a poco, se va quedando por más tiempo. Sus encuentros son siempre al atardecer. Ella no sale a la calle mientras en el cielo quede una raspa de la luz cruda del día.

El crepúsculo es su señal de salida.

De modo que él comienza a juntarse solo en las mañanas con sus amigos, los artistas. Por las tardes, escribiendo o corrigiendo sus textos angélicos, espera a la niña que abandona un rato a sus compañeros de tribu para visitar el café.

Aparece en su mesa. Él nunca la ve venir. Solo siente de pronto su silencio cubriéndolo como una sombra. Atolondrado como un adolescente, deja entonces su tacita de té, o su libreta de apuntes, se acomoda sus lentes y se pone de pie para saludarla. Ella, sin manifestar ninguna clase de efusión, se sienta sin pedir nada. Ni siquiera un vaso de agua. Al principio tampoco conversa mucho, nada más se limita a escuchar y a responder con monosílabos. Sin embargo, le gusta que él le hable de poesía. Y lo trata siempre de «señor escritor». Sin embargo, de a poco comienza a sacar la voz, a pronunciar frases más largas, a exponer y discutir cosas relativas a su «universo gótico». Pero siempre en un tonito melancólico. Casi agónico. Si alguien cercano a la mesa parara la oreja a su charla, tendría la impresión de que él conversa en colores y ella en blanco y negro.

Él le habla de ángeles y pájaros.

Ella, de oscuridad y muerte.

Él le cuenta que el color favorito de los ángeles es el amarillo Van Gogh.

Ella le confiesa su amor por el color de la noche.

Él trata de convertirla a la luz.

Ella, de enamorarlo de la sombra.

Después de un tiempo, la niña comienza a hablarle de su «poesía oscura». Le lee versos escritos en su cuaderno cuadriculado —de tapas negras, por supuesto—. Son versos de metáforas foscas, lúgubres, sangrientas; versos en donde la luna, «la calavera de la noche», es del color del hueso; endechas de estrofas de un romanticismo mortuorio, en donde la hablante lírica siente que el miedo y la soledad son sublimes, y pide a los poderes de la noche convertirla en la espina de la rosa, en la sangre de la herida, en el aroma del veneno.

Sus lecturas las hace sin levantar la vista del cuaderno, con voz opaca y tono luctuoso. Sus creaciones las firma con el seudónimo de Lilith.

Al transcurrir de los días, el Escritor de Epitafios siente que la presencia de la niña le es cada vez más imprescindible. Las tardes no tienen sentido sin el influjo de su silencio, sin el clima melancólico de su mirada, sin el revolotear de sus finos guantes negros, de encaje, sin dedos. Aunque intuye que el vértigo de su atracción es el de un abismo mortal, adora su voz oscura, sus gestos lentos, el aura de misterio que la envuelve y eleva (porque ella vuela).

Él es más bien atolondrado con el sexo opuesto, siempre lo ha sido. En verdad, la mayoría de las características que, según predica a sus amigos, deben de tener los elegidos para ser tocados por la gracia angélica, son suyas propias: él es irresponsable como los pájaros, él prefiere el ocio al negocio, él es sentimental y distraído hasta el ridículo. Pero, por sobre todo, irremediablemente atolondrado con las mujeres.

En su relación con la niña, el Escritor de Epitafios se siente caminando al borde de un precipicio. Y por más que trata de convencerse de que su embeleso por ella es meramente contemplativo, pura delectación estética, reverencia espiritual ante lo bello —ella tiene la belleza de una mariposa negra—, su caída la ve inminente.

A su lado se siente un ángel desvalido.

Y eso es él. Un pobre ángel con su corazón a la intemperie, un ángel solitario, de camisas arrugadas, de botones sueltos, de calcetines cambiados; un ángel que por las noches deja su dentadura en un vasito de agua, y al otro día, luego de lavarla con bicarbonato, se la ajusta al cielo de la boca con una ternura infinita. A veces no sabe si el que despierta por las mañanas en su cama es un ángel o un pordiosero. Parafraseando a Sartre cuando dice que los pobres solitarios son ricos desafortunados, él dice que los hombres solitarios son ángeles que han tenido mala suerte.

«¡Ah, si los humanos supieran cuánto son envidiados por los ángeles!», dice a veces en el café, como hablando solo, mientras mira pasar la gente y las nubes.

11

Entre los parroquianos del café, la historia del Escritor de Epitafios discurre con una leve pátina de leyenda. De un día para otro su figura irredenta apareció en la ciudad, después de veinticinco años de exilio. Se dice que antes de salir del país fue torturado hasta casi la muerte, que entre las barbaridades sufridas hubo dos simulacros de fusilamiento y uno de castración (después de que a dos de sus compañeros de encierro los castraran de verdad), y que lo tuvieron once días en un tambor de aceite vacío, de donde salió completamente tullido. Después de un tiempo de sufrir todo eso y muchos otros horrores, fingiendo locura, logró que los militares lo liberaran. Atado y amordazado dentro de un saco de papas, fue tirado en un basural en las afueras de la ciudad. Sin embargo, algunos de sus compañeros de encierro aseguran que el hombre enloqueció de verdad, que fue en las mazmorras donde comenzó a creerse ángel, y que eso atizaba aún más la saña de sus torturadores.

Los que conocen mejor su historia cuentan que en el exilio pasó frío, sufrió hambre y miserias extremas. Que en los inviernos de las ciudades europeas estuvo varias veces a punto de morir congelado durmiendo en los estacionamientos de automóviles. Que en Londres tuvo que acudir al infame recurso de vender su sangre para sobrevivir. Que en París se llenó de piojos conviviendo con los *clochards* bajo los puentes del Sena. Que en Bélgica se casó y separó en el lapso de seis meses (su mujer, una traductora dueña de un pequeño departamento, resultó una arpía que lo trataba como a un pelele). Que en Roma vivió un buen tiempo alimentándose de comida para perros y gatos, y que en un país nórdico, donde el frío es eterno y la noche dura meses, tuvo dos intentos de suicidio. Sin embargo, él nunca habla del tema.

«Mi exilio no fue dorado», es lo más que dice.

Lo único que se sabe a ciencia cierta es que de joven, unos meses antes del golpe de Estado, logró publicar un libro de cuentos titulado *La extrema juventud*, tomo que, por supuesto, jamás volvió a reeditarse y que solo se halla en algunas bibliotecas de la región. Entre los estudiosos de la literatura local se dice que el golpe truncó su «promisoria carrera en el arte de las bellas letras». En la ciudad, con el regreso de la democracia, algunos profesores de lenguaje que lo conocieron de aquellos tiempos comenzaron a estudiar su libro en las aulas de los colegios. Luego, al regresar al país, un periodista de la vieja guardia le hizo un par de reportajes que lo revistieron de un vago aire legendario, algo que terminó convirtiéndolo, entre estudiantes y aspirantes a literatos, en una especie de «escritor de culto», como le llaman ahora.

Su apodo se lo colgaron sus amigos, los artistas, una tarde en que un parroquiano del café, a quien se le había muerto un hijo durante el sueño, le pidió que le escribiera «alguna cosita para grabarla en la lápida». El hombre, encantado con el epitafio, echó a correr la bulla y él comenzó a ser requerido constantemente, hasta llegar a hacerse una pequeña fama fúnebre. Incluso hasta se dio el trabajo de estudiar e investigar el tema.

Los primeros que escribieron epitafios en las tumbas, dice, fueron los egipcios. No en vano era un pueblo que veneraba a sus muertos y que se preocupaba seriamente de la vida en el Más Allá; de ahí el trabajo de momificarlos y de construir esos formidables monumentos fúnebres que eran las pirámides. A veces, hablando del tema, dice con sarcasmo que eso de que «no hay muerto malo» debe venir de aquellos tiempos, a contar por la excesiva exaltación de virtudes que se puede leer en las tumbas de todas las épocas. «Más mentiroso que un epitafio» es una frase acuñada por él y que suele lanzar sobre la mesa en el café.

Aunque al principio se resistió a aceptarlo, el mote le cayó encima, explícito y fatal, como una losa de mármol. Y lo poquísimo que cobra por epitafio, o por nota necrológica —que también comenzaron a encargarle—, le sirve para solventar sus pequeños vicios de animal solitario: el té, los libros y la mermelada de moras (dejó de fumar en el exilio para no atormentar más aún su vida por falta de cigarrillos). La pensión que recibe del gobierno como exonerado político apenas le alcanza para no morirse de hambre. Además, exhibe otras particularidades que no pasan inadvertidas entre la gente: no usa corbata ni reloj ni pulseras ni cadenitas al cuello. Ninguna cosa que signifique ataduras. Nada que me ate a nada, dice. Apenas los cordones de los zapatos. También abjura de los teléfonos móviles. Índice en alto, pontifica que ese bicho es el más dañino de todos. Tampoco maneja chequeras ni tarjetas de crédito.

«Simplemente aspiro a ser libre como un pájaro».

Después, en un dejo de melancolía, razona que su lado humano es más afortunado que su lado angélico, pues si en algo el hombre supera al ángel, es precisamente porque aspira a la libertad.

Y si por todas esas extravagancias el Escritor de Epitafios es considerado un rara avis, desde su amistad con la niña gótica esto se hizo mucho más ostensible. Cada vez se le ve más distraído, cada vez conversa menos con sus amigos y, lo más grave, ya ni siquiera mira pasar la gente con la unción de antes. Su simpleza de gestos mudó en ensimismamiento.

Pareciera haber perdido vuelo.

Sentado hondamente en su mesa, se lleva el tiempo pensando en ella, evocándola, añorándola. (Por esos días fue que descubrió que la niña era rubia: observando la raíz de su pelo negro se dio cuenta de que era tan dorada como negra era la raíz de la melena teñida de la Poetisa Erótica). Su mente se desborda al imaginarla en sus dominios. La ve despertando en lo mortuorio de su lecho, la blancura lunar de su cuerpo arrollada en las finas sábanas negras, sus lánguidos movimientos resolviéndose en inquietantes poses sensuales. Mientras afuera el verano arde por los cuatro costados, en la atmósfera decadente de su cuarto la ve abrir sus párpados sombreados, estirar una mano lánguida para encender su estéreo y quedarse absorta en una música de sonidos desolados y vocalizaciones agónicas, pensando deleitosamente en la muerte.

En la pared, sobre su cabecera, imagina una cruz roja invertida. Una cruz como un avión en llamas apuntando directo al abismo de sus sueños.

Seguramente, ella delira cada noche con un sol negro.

12

Desde hace un par de años, el Escritor de Epitafios vive en una vieja pensión de jubilados, a pocas cuadras del Cementerio General, rodeado de florerías, marmolerías y capillas funerarias. La calle se llama Covadonga y es uno de los barrios más antiguos de la ciudad. Allí alquila una pieza de adobe, de cielo alto, con una ventana de barrotes hacia la calle y otra lateral, más pequeña, que da a una entrada de servicio y al muro de división con la casa de al lado.

Es una habitación exigua, de paredes desconchadas y poca luz. Aparte de la estantería de su biblioteca, armada de tablones sin cepillar y ladrillos de construcción, no hay más amoblado que un catre de fierro forjado, un viejo sofá de color ciruela, un refrigerador y una mesa con dos sillas. La gran ventaja de la habitación —que la hace más onerosa que las demás— es que cuenta con baño privado y una puerta independiente a la calle.

El Escritor de Epitafios vive solo. Su única compañía es un gato llamado Kots, palabra que en ruso significa gato y que aprendió, por los tiempos de la Unidad Popular, de una novia que estuvo haciendo un curso en la Unión Soviética. Mientras ella era una comunista militante, él era un hippie acérrimo.

Aunque perfectamente el gato podría llamarse Joaquín Sabina, dice a sus amigos, pues tiene gran parecido con ese ángel español que para él es el mejor poeta cancioneril del mundo. Además de parecerse en lo físico, dice, ambos son igual de farolientos y noctámbulos. Y es que Kots es un gato de callejón, canalla, arrogante, que entra y sale a su antojo por la ventana lateral, que él le deja siempre abierta.

Nunca, ni de niño, el Escritor de Epitafios había tenido ninguna clase de mascotas: ni perros, ni gatos, ni loros. Nada que respirara. Dice que es como tener esclavos. Siempre se acuerda de cuando en quinto de preparatoria, el profesor dio la tarea de escribir una composición sobre el perro de cada uno, y él escribió algo entre poema y prosa que tituló «Al perro que nunca tuve», cuya última línea, a propósito de su exilio, había resultado premonitoria: *Lo habría llamado Loa. Hubiera sido libre y elástico como el río. No amaestrado. Jamás lo hubiera humillado enseñándole a andar en dos patas ni a saludar como la gente. Con su luna en el cielo, su gato en el techo y su hueso en la tierra, qué vida de perro le hubiese regalado. Un palmotear de lomo y un menear de cola habría sido todo nuestro protocolo; un palmotear cariñoso y un menear alegre —de vez en cuando, mordisco y coscorrón—. Después, toda la calle para sus patas errantes. Después, toda la vida para mis patas de perro.*

Con Kots se habían hecho amigos desde la primera vez que se vieron, a una semana de haber llegado él a la pensión. Era de noche. Él acababa de llegar del café. Hacía calor. Al abrir la ventana lateral lo vio: el gato estaba sentado señorialmente sobre la pared divisoria de la casa, aureolado por una magnífica luna llena. Lo que en verdad lo maravilló fue su idéntica postura a la del gato del famoso póster del cabaré Le Chat Noir, del francés Théophile Alexandre Steinlen (él se había traído el afiche de París y lo tenía en la pared, sobre su vieja máquina de escribir). Tras contemplar al animal largamente, con la unción que se contemplaría una escultura griega, abrió una lata de sardinas y se la dejó en el marco de la ventana.

A la fecha ya iban a ser dos años de esta especie de adopción. Aunque en verdad todavía no está muy seguro de quién adoptó a quién: si él a un gato hambriento y descachalandrado, o el gato a un pobre ángel huérfano que por las noches se moría de soledad. Pero en ambos casos se trata de una adopción sin normas, reglas ni estatutos; sin horarios, deberes ni restricciones por ninguna de las dos partes. De otra manera, ni él ni el gato lo hubiesen soportado. Él no iba a gastar un peso en comprar vacunas para gato, comida para gato ni esas bandejas especiales para deposiciones de gato. Por su parte, el gato podía estar seguro de que en ningún caso él se iba a sentir su propietario, ni lo humillaría poniéndole collares o cintitas. Y, por supuesto, su virilidad estaba a salvo: ni por travesura pensaría en esterilizarlo, como se hacía con los gatos de departamento.

De ese mismo y liberal modo, dice el Escritor de Epitafios, le gustaría tener relaciones con una representante del sexo opuesto. Sin embargo, aún no tropezaba con la mujer de sus sueños. Una que volara. Pues referente a las mujeres, piensa igual que el poeta Oliverio Girondo (nombre y apellido innegablemente de gato, o de ángel de café): le importa un pito que tengan senos de magnolia o de higos secos; le da igual que amanezcan con un aliento afrodisíaco o de insecticida; puede perfectamente soportar una nariz de coliflor o un cutis de lija; todo eso siempre y cuando vuelen.

Ahora, tras conocer a Kots, está seguro de que los gatos también vuelan. De alguna manera siente que el enigma de los gatos es ese: su vuelo.

Y este gato es enigmático como un asterisco.

Si existiesen ángeles gatos, Kots sería uno de ellos, indudablemente. Y hasta se siente parecido a él en más de un aspecto: ambos son solitarios, ambos carecen de pedigrí, ambos poseen un insurgente espíritu libertario. Ellos dos nunca serían gregarios. Aunque tiene que aceptar que Kots es más canalla. Mientras más lo conoce, más insurrecto y conspirador lo encuentra.

«Los gatos y las mujeres hacen lo que les place», le oyó decir una vez a la Poetisa Erótica, sonriendo gatunamente.

13

De modo que aquel atardecer de finales de marzo, cuando la niña gótica visita por primera vez el cuchitril del Escritor de Epitafios, lo que más llama su atención, aparte de lo estrecho de la pieza, es la figura de Kots recortada en la ventana lateral.

Ella ama a los gatos.

¿Había leído el señor escritor el cuento de Edgar Allan Poe sobre un gato negro?, pregunta como al desgaire mientras va hasta la ventana y acaricia a contrapelo el lomo del animal y este, para sorpresa del dueño de casa, se deja hacer flemáticamente.

Sí, lo había leído.

¿Sabía el señor escritor que la aspirina era tóxica para los gatos?

No, no lo sabía. Pero sí sabía otras cosas sobre el tema gatuno, tal vez un tanto más poéticas y, por lo mismo, inútiles. ¿Como por ejemplo? Como por ejemplo que para el pueblo celta, los ojos del gato representaban las puertas que conducían hacia el reino de las hadas.

Ella, hada vestida de negro, parece maravillarse. Pero haciendo honor a su oscuro laconismo, guarda silencio.

Luego, él le cuenta una anécdota que tiene que ver con epitafios y gatos. A la muerte de Tom

Kitten, el gato del presidente John Kennedy («*Kitten* significa gato en árabe»), apareció publicada una nota necrológica en un diario de Washington en la que se leía: *Contrariamente a los humanos en su posición, Kitten no escribió sus memorias ni buscó sacar provecho de su estancia en la Casa Blanca.*

Después le ofrece té.

Mientras prepara la infusión, ella pregunta por el caballero del póster pegado junto al de Los Beatles. Es César Vallejo, dice él, poeta, gato y ángel peruano. ¿No se lo habían enseñado en el colegio?

No, por lo menos ella no lo recordaba.

¿Y en qué curso iba, si se podía saber?

La niña no parece muy entusiasmada con el cauce que toma la conversación y, tras decir que ha repetido el tercero medio, se dedica a revisar y a hojear algunos libros.

Después de un silencio prolongado, la niña dice que ella es lectora de H. P. Lovecraft, de Lautréamont y de Edgar Allan Poe. Como toda gótica que se precie, le gusta la literatura de miedo. Lo mismo que en cine. Ella ama las películas de terror, sobre todo esas antiguas, llenas de aullidos, telarañas y tenebrosidades.

En un tonito zumbón, él pregunta si se refiere a esas películas, en blanco y negro, con criptas húmedas, paisajes escarpados, castillos con heroínas encerradas y, por supuesto, los infaltables vampiros, muertos vivientes y hombres lobos.

«Exacto», dice la niña.

«En cambio, a mí me gustan las películas de amor», dice él, sonriendo blandamente.

La niña se fija en la destartalada máquina de escribir y le pregunta atónita si todavía escribe con «eso». No comprende que a estas alturas de la modernidad un escritor no tenga un procesador de textos.

Tal vez los computadores, dice él, puedan servir y hasta ser indispensables para hacer novelas, pero no se precisan para escribir poemas o cuentos cortos.

«¿Ni epitafios?», pregunta ella sin mirarlo.

«Ni epitafios».

Cuando la niña, sin ninguna inflexión de burla o curiosidad en la voz, le pregunta por qué le llaman o se hace llamar el Escritor de Epitafios, él dice, en el mismo tono displicente:

«Muy simple, pues, niña, porque he escrito algunos».

«¿Y es muy difícil escribirlos?».

«Depende mucho del muerto. Si uno lo conoce es mucho más fácil. Si es que estamos hablando de epitafios sinceros».

«¿Entonces son más sinceros los autoepitafios, esos que se escriben en vida?».

Él no está seguro si son más sinceros, pero sí más entretenidos. Sin ninguna duda. Había algunos memorables por su irreverencia.

«¿Se sabe alguno?», pregunta ella.

Él piensa un poco y dice que el que dejó escrito Molière es un buen ejemplo:

«Aquí yace Molière, el rey de los actores. En estos momentos hace de muerto y de verdad que lo hace bien».

O el de Groucho Marx:

«Disculpe que no me levante».

Sin embargo, en lo personal, a él le gusta el que dejó escrito el actor que por años le prestó la voz a Bugs Bunny, el conejo de la suerte. No podía haber escrito otra cosa: «Eso es todo, amigos».

Después se pone a servir el té.

Antes de sentarse a la mesa, el Escritor de Epitafios va hasta su pequeño equipo musical, acomodado en un rincón de la biblioteca, y pone un disco de Los Beatles. Mientras toman el té, casi no hablan. A ninguno de los dos parece incomodarle el silencio. Él, a ratos, colgado de la música, se la queda viendo largamente, como sorprendido de que aquella niña esté sentada ahí, en su mesa. Ella, con sus labios y sus párpados negros, y una figura de cuervo dibujada en la mejilla, parece mirarlo sin verlo, como abstraída en su propio universo.

En un momento, Kots salta de la ventana, atraviesa toda la habitación con paso perezoso —la cola alzada como la pértiga de un funámbulo—, hasta terminar sentando en el destartalado sofá color ciruela. Desde allí parece contemplarlos como una esfinge.

Afuera ya es de noche.

Después del té, en un momento de la sobremesa, en medio de un silencio prolongado más de la cuenta —subrayado por la suave melodía de *Yesterday*—, sus miradas se encuentran y se quedan fijas un momento. Conturbada, ella baja la vista. Luego, hace un mohín incomprensible y toma su bolso del espaldar de la silla. Ya tiene que irse. «Muchas gracias por todo», musita. Cuando él le pregunta dónde vive, se limita a decir, sin dar más señas:

«Para el lado sur».

Antes de salir, como excusándose de su poco educada respuesta, dice que de todas maneras ahora no va para la casa. Tiene que juntarse con sus amigos en los extramuros del cementerio. Y desde la puerta, como acordándose de súbito, dice que debe conseguirse urgente una tipografía gótica.

«Quiero tatuarme la palabra miedo en la frente».

Él sonríe con desgano.

«Nosotros, en los años sesenta, lo único que queríamos era pintarnos el signo de la paz. Además de llevar todos los colores del arco iris en nuestra vestimenta».

Ella dice, sin inmutarse:

«En mi caso, hasta el corazón me gustaría teñírmelo de negro».

14

Desde aquella vez, la niña gótica comienza a visitarlo periódicamente. En ocasiones, luego de verse en el café, se van caminando las nueve cuadras y media que lo distancian de la pensión.

Hacen todo el trayecto en silencio.

A veces, la niña aparece en el cuartucho por su cuenta, a altas horas de la noche. La dueña de la pensión, una mujer con aires de beata, a quien una malformación de la cadera la hace cojear ostensiblemente, y que es dueña de una dislalia exasperante, no ve con buenos ojos que una menor de edad llegue a visitar en su pieza —«y a esas horas de la noche, por Dios santo»— a uno de sus inquilinos más tranquilos y quitados de bulla. Sobre todo una niñita tan réproba para vestirse.

Para la matrona, toda moda que va más allá del vestido floreado y la chalequina de lana tejida a moñitos que ella usa, huele a satanismo.

En estas esporádicas visitas —cada tres o cuatro días, aunque a veces se pierde por semanas enteras—, la niña gótica se porta cada vez de manera distinta. Su estado de ánimo se puede adivinar por la forma en que llega vestida. Cuando aparece orlada al estilo romántico renacentista, con sus largos vestidos de holanes y terciopelos, su ánimo es más bien leve y crepuscular. Cuando llega ataviada al estilo vampírico, con capa roja o un abrigo negro hasta los pies, manchado de sangre —él no sabe si es sangre de verdad— y luciendo un maquillaje de película de terror, entonces casi no habla, se queda muy poco tiempo y todo lo que hace es sentarse en el sofá con la vista perdida y el cigarrillo consumiéndose entre los dedos. En cambio, cuando se aparece luciendo accesorios de aspecto sadomasoquistas: pantalones de cuero, anillos plateados, collar de perro al cuello —con una larga cadena que arrastra por el suelo— y heridas como de cuchillo aún frescas en muñecas y brazos, aunque su aspecto es de una fiereza que inspira prevención, se vuelve más efusiva e impetuosa que de costumbre.

Algunas noches —sobre todo cuando viste estilo renacentista— llega directo a jugar con Kots. Aunque el verbo jugar resulta exagerado, pues todo lo que hace es mirar fijamente sus ojos de ópalo, rozarle los bigotes con la palma de las manos y acariciar su pelaje eléctrico. Todo en el más absoluto silencio. En verdad, son escasas las veces que la niña llega con ánimos de entablar conversación, sobre todo de índole personal. Aunque él le ha contado algo de su vida, ella es reacia a hablar de la suya. Lo más íntimo que una noche había dejado deslizar fue que era hija de padres separados. Cuando la conversación roza lo personal se incomoda y mira la hora. O se pone a hojear algún libro de los estantes. O se apresura a sacar su cuaderno y a leerle algunos versos nuevos, versos de factoría tenebrosa que, según le contó una vez, escribe en la penumbra de las iglesias vacías, o acurrucada contra un nicho al interior del Cementerio General. Aquellas veces, tras oír su lectura, él se queda viéndola por sobre sus bifocales y, con el afán de incitarla, de sacarla de su apagada inercia, le habla sobre el proceso creador. Le dice, por ejemplo, que mientras más inspirado se escribe, más se necesita corregir lo escrito, pulir, cambiar, extirpar, apretar tuercas, pues las musas, mi querida niña, no saben técnica. Una noche, en que no se hallaba precisamente de muy buen humor, le dijo que en arte, jovencita, habría que seguir al pie de la letra el consejo aquel de que el último toque de una obra artística sería quemarla.

Hay veces en que la niña, pasando por alto el saludo, sin fijarse siquiera en el gato, llega a la pieza, abre su bolsón, saca sus discos de rock gótico y los pone en el pequeño equipo. Luego, se sienta en el sofá de color ciruela y, fumando un cigarrillo tras otro, se queda transportada oyendo esa música de sonidos deprimentes (mucho peor de lo que él había imaginado) interpretada por grupos de nombres tan sombríos como Lacrimosa o Jezebel, y cuyas letras, sin excepción, son recurrentes obsesiones hacia la muerte, la oscuridad y la locura.

Con un libro en las manos, o sumido en su libreta de apuntes, él oye esos sones melancólicos pensando con nostalgia en el ritmo

y en la alegría explosiva de la música de los sesenta. ¡Qué música incomparable aquella, ple-
na de amor, pasión y adhesión a la humanidad!

Solo en una que otra velada la niña llega
de buen ánimo. En tales ocasiones se queda
hasta pasada la medianoche y terminan enca-
jonados en largas conversaciones, diálogos en
que cada uno trata de defender el movimiento
que les ha tocado vivir.

Él aboga por la luz y los colores. Ella,
por la noche y su misterio. En un tono siempre
displicente, ella dice que los góticos buscan la
luz en la oscuridad («la sombra es la luz de lo
que no se ve»), que son amantes de lo oscuro y
que a la mayoría les gustaría aislarse en su cuarto y no salir a la calle sino hasta que el mundo
los olvide por completo. Sienten pasión por lo
oculto y lo sobrenatural y buscan la belleza en
lo terrible.

«Una cicatriz también tiene belleza», repite con los ojos fijos en un punto invisible.

Que si los jóvenes de los sesenta, dice
convencida, habían hecho la revolución pensando en cambiar el mundo, en transformar la
sociedad; ellos, los góticos, no albergaban ninguna esperanza de cambiar nada. Y no porque
no quisieran, sino simplemente porque la sociedad en que viven está muerta. Muerta y podrida hace rato. Por eso ellos visten de negro.

«Llevamos luto por ella», dice convencida.

Él termina mirándola en silencio. Desde que conoció a «este ángel nocturno», jamás
la ha visto sonreír. En una de sus últimas dis-

cusiones, mientras le daba de comer a Kots, él le dijo que si algo había aprendido con los años era que a veces en la lucha entre uno y el mundo había que estar de parte del mundo.

Ella se paró y se fue.

15

He ahí al *Escritor de Epitafios* llegando al café y sumiéndose sin más trámites en sus textos angélicos. *Un ángel es lo menos ceremonioso que hay*, repite siempre. «*Un ángel es un estado de ánimo*», anotó una vez en su libretita roñosa, en cuyas páginas manchadas de té hay retratos de ángeles de índole y ánimo muy diversos. *Hay ángeles simples como un as de oros, cuyo placer máximo es roncear cubos de hielo y bailar solos al amanecer. Hay ángeles de una humildad tan humana, que sus más trascendentales mensajes no han pasado nunca de «calma y buena letra, muchacho». Hay ángeles artistas del spray que, luego de orinar a la intemperie, miran hacia ambos lados de la noche, alzan la mano y, a la carrera, alegremente, escriben un grafiti en la cal de la luna. Hay ángeles que trabajan en pistas de circos pobres: hacen equilibrios en la cuerda floja, saltan aros de fuego y comen vidrios de ampolletas; aunque naturalmente lo que mejor hacen es volar en el trapecio («cada noche, en el instante de su vuelo, lloran»). Hay ángeles callejeros que hacen de estatuas vivientes. Otros las oficen de mimos. Los primeros reciben los óbolos en el estuche de sus liras célicas; si un niño deja caer una bolita de vidrio, baten las alas en cámara lenta y una dulce brisa inunda el paseo; si una joven* pone una flor, pulsan su lira y es como si todas las campanas del mundo sonaran al unísono; cuando un anciano deposita migas de pan, el cielo se llena de palomas blancas; y si alguien, al ver solo ofrendas líricas en su estuche, tiene la piedad de echarle una moneda, ellos bajan del pedestal, guardan el arpa y dejan un cartelito: «Me fui a tomar un té». Los que ofician de mimo, de frac y tonguito, se divierten como locos imitando el modo de andar de los paseantes, la manera de comer helado, la forma de enojarse, todo en un estilo que el propio Marcel Marceau envidiaría. Y cuando entre la multitud ven venir a la anciana de sombrero lila, a quien deben resguardar ese día, se instalan a su lado y, alegres de guiños y mohínes, la acompañan remedando su elegante modo de fumar. Casi al llegar a la esquina la detienen un momento, le obsequian una flor y, tras una gentil reverencia de caballero antiguo, la dejan seguir su camino. Misión cumplida: el automóvil que venía directamente a atropellarla acaba de pasar raudo calle abajo. Pero he aquí que de un tiempo a esta parte, de las constelaciones de su libreta están surgiendo ángeles cada vez más concupiscentes: ángeles de aspecto desamparado que, mimetizándose en los azulejos de los mingitorios públicos, se masturban impúdicamente en nombre de alguna mariposa negra; ángeles que en inhóspitas tardes de domingo, en vez de traspasar puertas de iglesias o sinagogas, entran a salones de apuestas hípicas, o a locales de sauna, o a otros no muy santos lugares citadinos; ángeles lúbricos que en el balneario, desde las mesas del

*café Beira Mar, contemplando el salto luminoso
de las muchachas lanzándose al agua, viendo a
estas jóvenes bañistas fulgurar en su vuelo fugaz,
piensan en el acrobático copular de las libélulas
en el aire y se imaginan, con dos pares de alas
transparentes, acoplándose a ellas en pleno vuelo.*

16

Los sucesos que terminan trastocando la vida del Escritor de Epitafios se desencadenan a casi tres meses de haber conocido a la niña gótica. Para ser más preciso, comienzan en los primeros días de abril, en pleno Domingo de Ramos.

Mientras en las calles céntricas se celebra la solemne procesión en recuerdo de la entrada triunfante de Jesús en Jerusalén, la niña gótica no llega al café. Por la noche, pasadas las doce, se aparece en la pensión.

Viene más oscura que de costumbre.

El Escritor de Epitafios, ya a punto de acostarse, piensa que la niña se ha ido volviendo cada vez más nihilista, ya ni siquiera luce ese halo de romanticismo medieval que a él tanto le atrae. Como todas las chicas *goths,* cada vez quiere parecer más repulsiva y perversa, representar el tópico de lo chocante, ser y parecer rebelde, incomprendida, postergada por la sociedad.

Luego de entrar sin saludarlo —apenas mirándolo de reojo—, la niña se sienta en el sofá a fumar y a acariciar a Kots, siempre a contrapelo —al gato, al parecer, le deleita restregarse en sus bototos de caña alta—. En un instante se para y pone un disco. El grupo se llama Silentium. De pie junto al estéreo parece transportarse por lo melancólico de la música.

Sus ojos se ven como velados.

Después se sienta a la mesa. Allí, tal si hubiese caído en trance, con una voz que no parece la suya, se pone a balbucir incoherencias. Habla de comer frutas podridas, de oler flores marchitas. «Si fuera posible, flores de cementerio», dice. De afilarse los colmillos, de beber su propia sangre, de hacerse tatuar dos alas de murciélago en la espalda, de irse una noche por las calles de las putas coleccionando preservativos usados para confeccionarse con ellos un rosario.

A él le parece percibir que la niña está bajo los efectos de alguna droga dura, y lo mejor que se le ocurre es prepararle una taza de té.

Luego de servirle a ella en la mesa, él, con una taza en la mano, sin platillo, se sienta en el sofá. Desde allí se la queda contemplando como fascinado. Ella, sin reparar en su té, con el gato en la falda, comienza a balbucir que ya tiene que irse... de verdad... sus amigos góticos la esperan... están preparando una serie de rituales para estos días de Semana Santa... Ahora mismo debe juntarse con ellos en el cementerio... encaramarse por el murallón norte... por el lado donde están los nichos de los muertos de tuberculosis... ya es hora de marcharse... De verdad.

De súbito, como alguien que sufriera de trastorno bipolar, parece salir del trance y cambia totalmente de ánimo y de tema. Se para de un salto, va hacia el equipo y le baja el volumen; luego, escarba dentro de su bolso, saca su cuaderno de tapas negras, se acerca al sofá y, de pie ante él, dice que le va a leer algo. Un poema de Georges Bataille. Con voz pausada y una entonación lúgubre, comienza a declamar:

Eres el horror de la noche
te amo como se agoniza
eres frágil como la muerte
te amo como se delira
sabes que mi cabeza muere
eres la inmensidad del terror
eres bello como matar
Mi locura y mi miedo
tienen grandes ojos muertos
la fijeza de la fiebre
lo que mira en esos ojos
es la nada del universo
mis ojos son ciegos cielos
en mi impenetrable noche
está gritando lo imposible
todo se desploma.

Atónito y boquiabierto, él no sabe si es más bello y terrible el poema, o más bella y terrible la niña recitándolo ahí, de pie ante él, recortada por el fanal de la ampolleta que, tras su cabeza, la nimba de una halo amarillo.

Al terminar de leer le pregunta si le gustó. Sin esperar respuesta se inclina hasta casi rozarle la cara y se lo queda mirando con sus ojos claros, casi transparentes (en su expre-

sión hay una mezcla de madurez sexual e ino-
cencia infantil que a él lo perturba hasta el
trastorno). Luego, acerca sus labios y, sin abra-
zarlo, sin tocarlo, lo besa largamente en la boca.

Mientras la niña gótica lo besa, el Escritor de Epitafios se queda estático. Más que el
beso mismo, que le sabe a metal quirúrgico (por
el *piercing*), es el viboreo sabio y voluptuoso de
su lengua lo que lo sorprende y confunde. Ni
siquiera puede desprenderse de la taza; al contrario, tomándola con ambas manos se aferra a
ella por todos lados. «Como el mar a una isla»,
recuerda en su confusión haber leído por ahí.

Cuando ella despega su boca, retorna a
sentarse a la mesa y se queda en el mismo estado crepuscular del principio. Él, con el corazón fuera de control, se para a servirse otra taza
de té. En tanto espera a que se recaliente el agua,
aún atolondrado, dice, solo por decir algo (es
como si el silencio lo acuchillara por la espalda), que si ella sabe que en el Japón a la ceremonia del té la llaman *chanoyu*, y que constituye
todo un ritual en el que la degustación del *mat-
cha*, como le llaman al té verde, es interpretado
como una vía hacia la purificación del alma.

No obtiene ninguna respuesta.

Aún de espaldas, intuyendo que a ella le
interesa un cuesco, sigue diciendo, solo por parecer sereno, que la ceremonia contempla unas
reglas de etiqueta y decoro que la convierten en
una experiencia llena de armonía y belleza, y
que lo que se busca con ello es llegar a un estado de absoluta tranquilidad mental.

Cuando acaba de hacer el té y gira, ella está junto a la puerta, con su bolso a la espalda y una mano en el picaporte. Con sus ojos de sonámbula lo mira brevemente, luego abre y se va sin decir nada.

17

El Lunes Santo comienza con un suceso premonitorio para el Escritor de Epitafios. A eso del mediodía, a pocos metros de la terraza del café, un jote cae muerto desde el cielo. Como si en pleno vuelo hubiese sido fulminado por un ataque de muerte súbita, el ave se vino a tierra en picada y sus vísceras quedaron regadas en las baldosas del paseo público. En su caída pasó a llevar a una señora de crucifijo y rosario (según se supo, venía de la catedral), la que fue trasladada a una clínica con traumatismo encéfalo craneano.

«¿No sería el propio ángel de la guarda de la pobre mujer que enloqueció de súbito y se suicidó a lo kamikaze?», dice sardónico el Pintor de Desnudos.

El Escritor de Epitafios —solo se hallan los dos en el café— guarda silencio.

Aunque el episodio parece insólito, para los antiguos residentes de la ciudad no reviste ninguna extrañeza: estas aves han constituido un insoluble problema municipal, arrastrado por muchos años. Sucede que los jotes siempre han señoreado en la Plaza de Armas y sus alrededores, y parecen como afincados a perpetuidad. Se han tomado el Reloj de los Ingleses, la cúpula del Odeón, los ramajes de los árboles y las cornisas y entretechos de cada uno de los edificios circundantes. Por las tardes, las torres góticas de la catedral se recortan contra el cielo ribeteadas de estas aves profanas. Hasta la misma cruz de la torre central, para horror de los feligreses, se transforma en una espantosa cruz de jotes, acurrucados unos junto a otros, como viudos con frío.

Todo lo ensucian y mancillan estas bestezuelas carroñeras. Nadie está libre de ser signado por su inmundicia. Se ha reclamado hasta el cansancio a las autoridades municipales, y cada autoridad, en cada uno de sus períodos edilicios, ha buscado la manera de limpiar el centro urbano de estos pajarracos, de exterminarlos de una vez por todas.

Pero nada ha dado resultados.

Hubo particularmente un alcalde que hizo lo imposible por extirparlos del centro de la ciudad. Por consejo de «expertos en la materia», compró sensores que, según le aseveraron, emitían un ruido que solo los jotes podían oír, y que era tan intenso que los espantaría de una vez y para siempre del lugar.

Pero no resultó.

Le dijeron que instalara palos atravesados en las afueras de la ciudad, y que los jotes se irían solos a instalarse en ellos, pues eran aves que gustaban de vivir encaramadas. Él mandó construir decenas de estos palos de gallineros gigantes.

Pero no resultó.

Lo convencieron de que revistiera de tablas con clavos las cornisas de los edificios alrededor de la plaza, y todos los lugares en donde los jotes acostumbraban a posarse. Lo hizo. Pero, al parecer, los bichos tenían vocación de faquires.

Y no resultó.

Al final, el alcalde se cansó de los consejos de los peritos en el asunto y los mandó a todos a la punta del cerro. Por iniciativa propia, y a través de todos los medios informativos locales, ofreció un millón de pesos al ciudadano que encontrara la solución al problema. Pero tampoco resultó. Las ideas que llegaron parecían venir todas remitidas desde la casa de orates.

Incluso alguna vez, un 28 de diciembre —hay personas que aún recuerdan aquello—, se anunció que un trompetista hipnotizador, llegado de un país extranjero, había ofrecido sus servicios gratuitos para erradicar los jotes de la plaza. Por la mañana se instalaría en los altos del Odeón, se pondría a tocar su trompeta y, sin dejar de soplar, se subiría a un camión abierto y se iría hacia las afueras de la ciudad con los jotes siguiéndolo en una inmunda y silenciosa bandada oscura. Por supuesto que no faltaron los incautos —era una broma de inocentes— que esperaron toda la mañana a que apareciera el hipnotizador de jotes y su trompeta de Hamelin.

Por la tarde de aquel lunes, la niña gótica llegó al café más sombría y extraña que de costumbre. El Escritor de Epitafios, sus bifocales a media nariz y su taza de té ya fría, la esperaba componiendo un pequeño texto que se le había ocurrido la tarde anterior, al ver a la Poetisa Erótica llegar con un ordenador portátil. La idea era simple: cada vez que un poeta, en vez de un cuaderno o una servilleta de papel, acomodaba sobre la mesa de un café un computador, los ángeles abandonaban el local para siempre.

Cuando se acerca la mesera, la niña no quiere pedir nada. Solo viene por un ratito. Tras un silencio que se percibe denso, él pregunta si ocurre algo. Ella dice que es mejor que no se junten más en el café. Algunos de sus amigos —góticos industriales— están molestos porque la ven mucho en su compañía y no paran de molestarla.

«Esos locos son violentos», dice la niña, «y pueden tomar represalias en su contra».

Y para hacerle comprender mejor la situación en que se ha involucrado, le cuenta algunas cosas sobre las clases de góticos que existen. Las más conocidas son tres: los románticos, los vampíricos y los industriales. Los románticos son jóvenes tranquilos y espirituales que anhelan la soledad sobre todas las cosas, visten ropas delicadas, les gusta la lectura y escriben poemas. Los vampíricos usan los cementerios para practicar rituales, allí se drogan, tienen sexo y hacen pactos sangrientos; algunos usan colmillos de ortodoncia, beben sangre, y por las noches duermen en ataúdes; algunos se cuelgan de cabeza en los árboles, como los murciélagos. Por último, están los industriales, estos llevan cadenas y collares con púas, consumen drogas duras, beben alcohol a destajo y siempre están listos y dispuestos para la acción, haya o no motivos.

«Esos son los peligrosos», remata. «Por eso he querido prevenirlo».

Antes de irse, la niña dice que hará lo posible por ir a verlo esa noche a su casa. Sin embargo, no aparece. El Escritor de Epitafios la espera con la luz encendida hasta las tres de la mañana.

18

El martes, la niña gótica tampoco se presenta en el café. Ni por la noche va a su casa. El miércoles, el Escritor de Epitafios, acompañado de dos de sus amigos —la Poetisa Erótica y el Actor de Teatro Infantil—, la espera en el café hasta que se va el último parroquiano. La Poetisa Erótica le ha contado cuatro tazas de té. Cuando abandona el local y se despide de sus amigos, ya es noche cerrada. Echa a caminar por Prat hacia arriba.

La ciudad ha encendido sus luces.

En el cielo, por detrás del frontón de cerros como vaciados en cemento, asoma la luna de Semana Santa, más luminosa que todos los letreros luminosos del paseo. A la altura del edificio Caracol se extraña de no ver a los grupos de góticos que a esas horas acostumbran a juntarse en sus afueras. Siempre que los ve reunidos con sus abrigos oscuros, largos hasta el suelo, los compara con un concilio de curas antiguos, esos de estoicas sotanas negras, como la que luce la escultura del Padre Hurtado erigida una cuadra más arriba.

Como siempre lo hace, al llegar a Matta gira hasta Bolívar y ahí sube hasta 14 de Febrero, la calle más oscura del centro. Ese es su recorrido acostumbrado. Casi al llegar al castillo de la esquina de Bolívar con avenida Argentina, se da cuenta de que lo vienen siguiendo. Son dos muchachos de negro. Al llegar a la plazoleta del sector —ocupada siempre por ebrios y pordioseros— es alcanzado por sus perseguidores. En el mismo instante aparecen otros dos góticos cortándole el paso. Por su aspecto y por lo que le ha dicho la niña, son de los denominados industriales, aunque uno de ellos tiene más trazas de vampírico.

El más industrial de todos, el que ostenta más tatuajes, púas y remaches, se le para enfrente y le pone un puño a la altura de la cara —lleva una manopla con cinco calaveras negras en relieve—. Con expresión dura le dice que no lo quieren ver más conversando con la Lilith. Que deje de huevearla. Que esto es solo una advertencia. La próxima vez va a correr sangre.

«Sabemos dónde vives, viejo culiao».

Tras darle un empellón —que lo hace caer de bruces sobre uno de los escaños de la plazoleta— se van calle arriba, como rumbo al cementerio. Él no atina a hacer ni a decir nada. Aunque entiende que cualquier cosa que hubiese dicho o hecho habría sido contraproducente. Ellos eran cuatro, y más jóvenes y robustos que él.

Cuando llega a su habitación se da cuenta de lo alterado que está. Tirado en el sillón, le cuesta un buen rato relajarse, recuperar su aire circunspecto. Por una manchita de sangre en el pantalón se descubre una peladura en la rodilla, seguramente causada al caer sobre el escaño de cemento. Se la limpia con alcohol y se pone un parche curita; es el primer parche que ocupa de las decenas de tiras que, por solidaridad, le compra a un desastrado ángel que pasa vendiéndolas por el café.

Después se prepara un té.

Es pasada la medianoche cuando la niña gótica golpea los vidrios de la ventana. Él, a punto de conciliar el sueño, acababa de dejar sobre el velador una antología de César Vallejo releída por enésima vez. Como acostumbra a dormir desnudo, se enrolla una toalla a la cintura y abre.

Abre y vuelve a la cama.

La niña entra sin saludar. Viene con el pelo y el abrigo largo llenos de tierra, y trae huellas como de sangre seca en la frente.

Un aura enferma parece rodearla.

En un dejo de desmayo se deja caer en el sofá, queda con la mirada colgando de un punto en el aire, parece una muerta en vida. Su tétrica facha la hace aparecer más tenebrosa de lo habitual. El pelo, tijereteado atrozmente, pegado al cráneo como con engrudo, y sus lentes de contacto de color amarillo, la vuelven un ser repelente, andrógino.

Muchas veces, el Escritor de Epitafios ha pensado a la niña como un ángel extraviado, «un ángel eclipsado», como escribió una vez en su libreta de apuntes, pero ángel al fin y al cabo. Tal vez, un ángel primerizo, un ángel temblando como una alondra ante la inminen-

cia de su primer vuelo, de su primera transfiguración. Ahora, al verla ahí, con su aspecto
de muerta desenterrada, la niña le parece un
ángel nihilista buscando transgredir lo bello,
infringir lo religioso, quebrantar lo familiar.

Aquí, el Escritor de Epitafios cae en la
cuenta de que la niña jamás ha hablado de ella.
Más aún: en el tiempo que la conoce, ni siquiera
le ha dicho su nombre. Está seguro de que Lilith,
como la llamó el gótico industrial, es un apodo,
un seudónimo para sus poemas. Hasta ahora, él
la ha llamado, simplemente, *niña*, o *niña gótica*.
Ella, por su parte, lo trata todo el tiempo de *señor
escritor*. Jamás ha llegado a tutearlo.

Mientras divaga en torno a esto, con-
templándola tendida en el sofá como un jirón
de la noche, aparece la silueta de Kots enmar-
cada en la ventana. Siempre llega a esas horas
de sus excursiones eróticas. Tras regodearse un
rato posando en un escorzo egipcio, el felino
entra a la habitación y va directo a restregarse
en los bototos de la niña. Ella comienza a mur-
murar algo ininteligible. Él, desde la cama,
aprovecha para preguntarle de dónde viene.

No obtiene respuesta.

Sin embargo, no hay necesidad de preguntar: su ropa sucia de tierra indica a todas
luces que viene del cementerio.

19

El Escritor de Epitafios nunca tuvo claro si lo que sucedió esa noche realmente lo vivió o fue un sueño, una alucinación.

Recuerda vagamente que, desde su cama, vio de pronto que la niña se sentaba en el sofá con el rostro escondido entre las manos, luego giraba la cabeza hacía él, despacio, y se lo quedaba mirando como en estado de embobamiento. Después, lentamente, sin decir nada —parecía una zombi— se levantó y caminó hasta la silla donde había dejado su bolsón de cuero, sacó un disco y fue hasta el equipo. Luego, volvió al bolsón, sacó una vela, la encendió y la asentó sobre la mesa. Siempre como dormida, se dirigió hasta el interruptor, apagó la luz, caminó de vuelta hasta el sofá y se tendió de espaldas, con las manos sobre el pecho, como los muertos.

El disco que comenzó a sonar era de The Cure. Él ya reconocía algunos temas e intérpretes de la música que oía la niña. Cuando comenzaron los acordes de *Prayers for Rain*, que tenía una duración de más de seis minutos —él nunca en su vida había oído una canción más triste y opresiva como esa—, la niña pareció resucitar, se sentó de nuevo en el sofá, y de nuevo se lo quedó mirando.

Sus ojos amarillos fulguraban en la penumbra como los de Kots.

Pasado un rato se paró y caminó hasta la cama. Aunque él no había dejado de contemplarla ni un minuto, al verla ahí, de pie ante su lecho, mirándolo con sus ojos de gata, le resultó inquietante. Con la formalidad con que se inicia un ritual sagrado, iluminada por la luz de la vela —que daba a su silueta un aspecto fantasmagórico—, la niña comenzó a desvestirse al compás de la enfermiza lentitud del tema que inundaba la habitación.

La música sonaba como un espeso suero de sones oscuros.

De un modo que inspiraba miedo y deseo, se quitó sus guantes de encaje, negros, sin dedos, que quedaron desinflados sobre la colcha. Luego, se quitó su abrigo largo, lleno de tierra, y lo dejó sobre el respaldo de la cama. Desabrochó, desabotonó y desanudó su medieval vestido de terciopelo, que fue cayendo al suelo livianamente, como un montón se sombras.

Por un momento, dado lo tétrico de la situación —luz de vela, música oscura, niña gótica—, la fértil imaginación del Escritor de Epitafios lo hizo pensar que la piel de la niña iba a aparecer cubierta por una repugnante secreción pegajosa, que sus senos podridos caerían a pedazos y una exudación fosforescente emanaría de su desnudez de súcubo. Pero a medida que ella se desnudaba no emergía sino la blancura sonámbula de su piel joven. Cuando se quitó el sostén rojo, también de encaje, sus pechos breves encandilaron la penumbra con dos ramalazos de luz blanca. Al perder su última prenda, su desnudez fue en la habitación como la brillante luna de Semana Santa. Él estaba deslumbrado: ella que amaba la oscuridad, llevaba la luz por dentro; ella que adoraba la muerte, irradiaba vida por todos los flancos.

Cuando con paso de pantera narcotizada la niña subió a la cama y lo montó a horcajadas, su cuerpo joven ardía de fiebre. Y no solo su aliento no exhalaba un hedor de catacumba, como había imaginado, sino que bajo su maquillaje fúnebre, detrás de las muecas que congestionaban su rostro, su belleza limpia, casi infantil, emergía como el reflejo de un vuelo en una charca de agua sucia.

A caballo sobre su cuerpo, la niña era un animalito mudo que suspiraba y gemía mientras lo besaba y lo lamía y lo mordía con furor de posesa; su lengua, mariposa convulsa, bajaba por su cuello, por su pecho, por su vientre, copando y desbordando todo su cuerpo; el *piercing* de su lengua era una picana que le hacía retorcer de placer su corazón de ángel viejo.

El Escritor de Epitafios iba de asombro en asombro. La niña era una verdadera valquiria, una amante que no tenía nada que aprender de mujeres experimentadas, cuestión que terminó de demostrar, sin lugar a dudas, cuando en un arrebato de ardor comenzó a galoparlo sabiamente; primero a un ritmo lento, acompasado, luego a galope tendido, frenético, desbocado, galope que a él parecía llevarlo por un páramo poblado de mariposas negras y fuegos fatuos. Cuando en medio de su estertor, él le preguntó extrañado que qué carajo tenía en su sexo, ella respondió entre sollozos que era un *piercing* prendido en el clítoris.

«Un *Banbell* circular, igual al de la lengua», dijo.

El clímax fue portentoso. Si en su imaginación de escritor empírico se había figurado que en ese instante se iba a sentir cayendo en un abismo de tinieblas, en un acantilado nebuloso de vapores y pestilencias sulfúricas, se equivocó. En realidad fue como si ambos —dos ángeles locos— se hubiesen ido en picada hacia lo alto, siempre hacia lo alto, acoplados en un lúbrico vuelo invertido.

Después se quedaron crucificados uno en brazos del otro, ella como una muerta joven y lasciva, él como un viejo ángel consumido, embocado aún a la estrella encendida de su sexo. Ambos con sus cuerpos brillantes de sudor. Pasados unos minutos se dieron cuenta de que la música había cesado, que la llama de la vela parecía yerta y que un silencio oscuro pesaba sobre ellos, un silencio oscuro y brillante como carbón de piedra.

Ninguno de los dos decía nada.

Al final fue ella la que sacó la voz. En un tono pausado, sin dramatismo, mirando hacia el cielo raso, le preguntó que si esa noche le tuviera que escribir su epitafio, qué le escribiría. Él, disimulando su inquietud, mirando también hacia arriba, le dijo que aún era muy joven para andar pensando en eso.

Ella insistió.

Tras meditarlo un momento, él dijo que sería un epitafio parecido a uno inscripto en una tumba egipcia, que según los estudiosos del tema tendría una antigüedad cercana a los tres mil años: *Hoy la muerte está frente a mí / como la curación frente a un enfermo, / como el salir al aire libre después de una enfermedad. / Hoy la muerte está frente a mí, / como el perfume de la mirra.*

Ella se quedó absorta repitiendo mentalmente las palabras. Después, a cuento de nada, se puso a contarle que sus amigos estaban preparando un ritual en el cementerio, un gran ritual que se llevaría a cabo la noche del viernes. Cuando él quiso inquirir más detalles, ella lo besó en la frente y, sin decir más nada, se levantó y comenzó a vestirse con la misma languidez con que se había desnudado. Mientras se vestía, extrajo del bolsón su teléfono móvil y pidió un radiotaxi. Solo entonces él supo que vivía en los Jardines del Sur, el barrio de la gente más pudiente de la ciudad.

Cuando se fue, en la cama, sobre la colcha azul, yacían olvidados, como dos mariposas muertas, sus guantes negros, de encaje, sin dedos.

20

El jueves, el Escritor de Epitafios no va
al café por la mañana. Se aparece por la tarde.
Y como no encuentra a ninguno de sus amigos
artistas, se pasa el tiempo bebiendo té y mirando pasar gente. No puede escribir. Lo ocurrido la noche anterior lo tiene aún en estado
de sonambulismo. No sabe qué va a pasar ahora con su vida en relación a la niña gótica. Requiere urgente una señal para seguir viviendo.
Sobreviviendo.

Ahora sí necesita desesperadamente aferrarse a su taza de té, aferrarse por todos lados,
como el mar a una isla.

Si en astrología existía el arte de leer el
futuro en las volutas de humo, en el vuelo de
los pájaros, o en las figuras que van confor-
mando las nubes, al Escritor de Epitafios le da
por desentrañar su destino en el fluir de la
muchedumbre. Se le ocurre que tal vez podría
predecirlo en el color de la vestimenta de la
gente: si se veía mucho verde, aún había esperanza; si campeaba el amarillo, la cosa iría
mucho mejor, pues se suponía que el amarillo
era señal de alegría y buena ventura; si aparecía
el negro, bueno. Piensa en otra serie de varian-
tes: por ejemplo, si pasaba una monja o un cojo,
el porvenir se avizoraría funesto, pues, según el

folclor, la monja y el cojo son signos de mala suerte. Lo mismo, si aparecía una señora con sombrero de flores de fieltro. En cambio, si atinaba a pasar una colorina, o un curco, había que alegrarse, pues cada uno de ellos era signo de buen augurio, especialmente el curco. Al final termina riendo solo y con el ánimo más desabollado. Él nunca ha creído en esas paparruchadas de gitanas pobres.

En lo que sí cree es en la premonición de los sueños. Los sueños, para él, son una especie de revelación en clave. Y justamente la noche de ayer había tenido uno de esos sueños presagiosos, tanto así que fue la razón de que esa mañana no se levantara para venir al café. Él siempre estaba diciendo a sus amigos, los artistas, que querer contar un sueño es como pretender llevar a la hoja en blanco la obra que brilla perfecta en la mente, en el trasvasije de la cabeza a la escritura se perdía gran parte de la magia, del misterio, del encantamiento. En el afán de contar un sueño es lo mismo: da la impresión de que las palabras no alcanzan, se hacen inservibles, lo ensucian. De modo que el sueño de la noche anterior solo puede contarse de esta manera, aunque haya sido mucho más terrible:

Él era un niño, y una noche, al irse a la cama, en un arrebato de pereza infantil le pidió a su ángel custodio que, por favor, apagara la luz. Cuando, al instante, reparó en lo fatal de su petición, ya era tarde: junto con apagarse la luz de la habitación, se apagaron las luces de la casa, las luces de la calle, las luces de la ciudad; se apagaron las luces de colores de los avisos luminosos, la luz salvadora de los faros en los puertos; se apagó la luna, se apagó la Cruz del Sur, se apagaron las Tres Marías, se apagaron las constelaciones todas, y el universo entero, madre mía, se quedó sumido en la más sorda de las tinieblas.

Alejandra, la mesera que lo atiende, lo alerta de que ya es hora de cerrar. El Escritor de Epitafios ha estado completamente absorto en sus pensamientos. Al salir echa a caminar lentamente calle arriba. Antes de llegar al edificio Caracol recuerda a los góticos del día anterior y quiere cambiar de camino. Pero desiste enseguida y hace el mismo recorrido de siempre. Unos mocosos del carajo no le van a hacer modificar sus costumbres.

En su domicilio se halla con una sorpresa que casi lo voltea de la impresión. Reunidos junto a la puerta de su pieza están la casera, los arrendatarios, algunos vecinos de la cuadra y un enjambre de niños en estado de excitación. El cuadro es macabro. En su puerta de madera, clavado como una cruz invertida, degollado y sangrante —y lo que resulta más horroroso, aún vivo y boqueando—, está su gato Kots.

Algunas vecinas despavoridas le dicen haber visto a unos jóvenes vestidos de negro, con los pelos parados y cadenas colgando por todas partes, y que seguramente ellos fueron los autores.

La dueña de la pensión, encrespada de cólera, en una sola parrafada dislálica le dice que seguramente la niñita de negro que acostumbra a visitarlo por las noches tiene mucho que ver en el asunto, que la pensión es una pensión decente, que ella y su familia son gente que profesan la fe católica y no están dispuestos a soportar esa clase de atentados satánicos en su casa, que todos esos mocosos vestidos de oscuro son unos maleantes adoradores del diablo, y no entiende cómo un adulto serio como él, y además culto, se involucra con esa clase de delincuentes juveniles, que está realmente decepcionada de su conducta, ella y los demás inquilinos, pues en el último tiempo ha recibido varios reclamos de parte de ellos por la clase de música que se oye en su habitación. Por lo tanto, lo siente mucho, señor escritor, pero aunque le duela en el alma, va a tener que pedirle que desocupe la pieza, que tiene plazo hasta fin de mes, ni un día más, y que entienda que, más que por ella misma, lo tiene que hacer por la tranquilidad de sus «viejitos» —así llama ella a sus arrendatarios.

Esa noche, el Escritor de Epitafios casi no durmió. Luego de desclavar a Kots y limpiar la sangre chorreada en la puerta —y la apozada en el suelo—, puso al animal en una bolsa de basura y se fue a enterrarlo en el sitio baldío, cerca de la línea férrea. Después esperó hasta altas horas de la madrugada a ver si la niña gótica se aparecía y podía explicarle lo sucedido. Pero la niña no llegó y, al final, se quedó dormido echado en el sofá. Unos minutos antes, mientras se preparaba una taza de té, había llorado como un niño por la muerte de Kots, y se durmió pensando en lo viejo que estaba; nunca imaginó verse llorando por un animal.

Y menos por un gato de callejón.

Al día siguiente, en el café, sus amigos, los artistas, están consternados. Aunque lo sienten por el gato, lo que les preocupa es que su ángel amigo se haya quedado sin tener donde vivir. Hecho que él aún no parece asimilar del todo. Había que buscarle urgente otra pieza de alquiler. Con lo difícil que era dar con una buena pensión en la ciudad.

El Fotógrafo de Cerros señala que la doña de la pensión no puede ser tan mala leche, sobre todo si se declara tan religiosa y anda con el rosario para arriba y para abajo. El Pintor de Desnudos dice que la vieja lunanca tiene que estar celosa; que seguramente está enamorada del Escritor de Epitafios y lo ha sorprendido en alguna escena comprometedora con la niña gótica.

«Esas brujas siempre tienen un agujerito por donde miran a sus arrendatarios», dice.

La Poetisa Erótica ironiza entonces que el caballero ángel debió haber sido más cuidadoso en sus lances con su hada negra.

«Tal vez el amor sea ciego», conjetura. «Pero las vecinas, en absoluto».

21

He ahí al Escritor de Epitafios tendido en su cama deshecha, marchita, de percudidas sábanas sin viento; helo ahí a la deriva de sus cavilaciones, sin brújula ni Cruz del Sur que lo guíen, sintiéndose un ángel perdido, náufrago en sus abstracciones, escudriñando las viejas manchas en el cielo raso en busca de una señal salvadora. En esas mismas manchas en las que alguna vez vio ángeles arborescentes, ángeles licuados, ángeles como relámpagos de magnesio, ahora insomne, las manos entrelazadas en la nuca, transfigurado en un desdichado ángel psíquico, solo ve explosiones atómicas, trozos de mapamundis y triangulares cráneos de vacas. Nada que se parezca a un ángel. Desmoralizado, mustio, llevado por la marea de la desesperanza, le pide a la noche que le devuelva la presencia de la niña, que le reintegre su voz de luto, sus poemas umbríos, el vuelo de mariposa de sus finos guantes negros, de encaje, sin dedos. Que le devuelva la luna eclipsada de sus ojos transparentes. Entonces, embargado ya por el desaliento final, su espíritu muriendo de hipotermia, vislumbra de pronto en la esquina izquierda del techo una figura semiangélica, algo que emerge de una mancha redonda, como un huevo negro, una figura situada entre el ángel y la bestia. Tras contemplarla un rato resuelve que se trata de un ángel con complejo de cuervo, uno de esos pobrecitos ángeles que, tras mirar a los lados con discreción, le croan tiernamente a la noche. El Escritor de Epitafios se siente reflejado como en un espejo: él es aquel embrión de ángel croante, pero no emergiendo de la mancha, sino devorado por ella. Así se siente esta noche, a completa merced del abismo, arrastrado por la oscuridad, abandonado en su cama sin rumbo, sin astrolabio ni rosa de los vientos que lo guíen a puerto alguno. Siente sus huesos como pedernales, sus articulaciones tullidas, su corazón anquilosado. Él, que soñó ser un ángel pura sangre, un ángel de vuelo voltaico, un ángel Nijinsky cuyo fino esqueleto de cristal se doblara al viento como un junco, helo ahí llorando en su cama solitaria, en su noche solitaria, sintiéndose un ángel caído, expulsado del coro celestial, un pobre ángel desafinado, destemplado, chirriante como la puerta oxidada de un mausoleo. Él, que en sus momentos más sublimes llegó a sentirse un ángel Stradivarius. Ni más ni menos.

22

La tarde del Viernes Santo la niña tampoco apareció en el café. Por la mañana, el Escritor de Epitafios comenta a sus amigos, los artistas, lo que había dicho de las ceremonias que los góticos planeaban llevar a cabo en el cementerio durante estos últimos días de Semana Santa. Les dice que esperará hasta esta noche a ver si aparece por la pensión. Si no se presenta, mañana les va a pedir que lo acompañen al cementerio.

Tiene un mal presentimiento.

Esa noche, en su habitación, tendido en el sofá, no puede encontrar sosiego. Intenta releer algún libro, prueba oír radio, mira por la ventana. Todo en vano: la inquietud lo consume. Entretanto se toma varias tazas de té. Pasada la medianoche no puede soportar la ansiedad y decide ir a recorrer las inmediaciones del camposanto. No sabe de qué servirá, pero algo tiene que hacer, de lo contrario va a estallar en pedazos.

Cuando sale a la noche, la calle está desierta. En el cielo, la luna llena parece de ópera. No se demora nada en llegar a la explanada del cementerio. Las puertas de la entrada principal a esas horas, por supuesto, están cerradas. Rodea el muro del lado norte, el sector por donde, según le ha oído decir a la niña, los góticos ingresan al camposanto. Siente deseos de treparse y echar un vistazo al interior. Pero no se anima. Hasta que le parece oír risas y música provenientes del otro lado y eso lo decide. Se encarama a duras penas sobre el grueso murallón de adobe, asoma la cabeza y escudriña un rato en la oscuridad.

No entrevé nada extraño.

La paz en el recinto es ultraterrena.

Envalentonado por la quietud del lugar, siente la tentación de traspasar el muro y recorrer el camposanto, pero un perro negro, que de pronto comienza a ladrarle con furia inusitada —él no sabe de dónde apareció—, lo hace reaccionar al desatino que significa estar ahí solo y a esas horas de la noche. Desciende de un salto. Ya en tierra, avergonzado de sí mismo, se sacude las manos y echa a caminar de vuelta a su cuchitril.

Son las dos de la mañana cuando se tiende de nuevo en el sofá. Tiene la ropa llena de tierra y las rodillas rasmilladas. Inquieto, sin poder ni querer dormir, espera que ella en algún momento golpee el vidrio de la ventana, como acostumbra hacer cuando llega tarde. Se queda transpuesto. Sin saber claramente si la imagina o la sueña, ve a la niña gótica en su casa, a la hora del crepúsculo, sin vestirse y sin abrir todavía ninguna ventana —influenciado tal vez por la iconografía truculenta de las películas góticas, imagina su casa umbrosa, vacía y llena de ecos—. Después de haber merendado solo una manzana demasiado madura para cualquier mortal y aspirado con deleite el aroma de un ramo de flores marchitas, la ve desnuda frente al espejo empalideciendo su rostro con cremas, pintando sus ojeras de muerta, ennegreciendo sus labios, dibujándose terroríficos arabescos en las mejillas, incrustándose uno a uno sus *piercings:* en las cejas, en los párpados, en la nariz, en los labios, en el mentón; la ve transformándose en ese ser tenebroso que tanto le gusta representar. La ve vestirse, lenta, acompasadamente, como en un ritual pagano; la ve ponerse su ropa interior roja, su oscura blusa de holán, su largo vestido de bruja de cuento; la ve calzándose sus bototos de milico y, al final, en un delicado escorzo de danza, ciñéndose esos preciosos guantes negros, de encaje, sin dedos.

Convertida ya en una especie de muñequita macabra, mientras el crepúsculo se carboniza en el horizonte, la ve espiando detrás de sus cortinas de color sangre y luego salir a la calle sigilosa —sombra en la sombra— e internarse en el reino de la noche. En los extramuros de la necrópolis la esperan los de su tribu. Aquella es una noche de culto a la Muerte, de adoración a la Señora de los Panteones. Atrás queda el día, el color, la vulgaridad de la luz, del mundo regido por el sol. Ahora reina la noche, la oscuridad, lo negro. ¡Bienvenido a los esotéricos y ciegos círculos de lo gótico! Su sueño entonces se torna pesadilla: ve a la niña como víctima propiciatoria de un ritual satánico, la ve sacrificada bajo la luz de una luna podrida, desnuda sobre la losa de una tumba, degollada y sangrante, igual que su gato Kots.

Despierta sobresaltado y sudoroso. Su cuerpo tirita de fiebre.

23

La mañana del Sábado Santo, sus amigos, los artistas, esperan al Escritor de Epitafios en el café con un dato inquietante. El Fotógrafo de Cerros, como corresponsal del diario capitalino, ha llegado con la noticia —aún no publicada en ningún medio— de que por la noche se halló a una niña muerta al interior del Cementerio General.

Y, al parecer, es una niña gótica.

El Escritor de Epitafios queda en silencio. Tratando de parecer sereno, pregunta si ya fue identificado el cadáver. El Fotógrafo de Cerros niega con la cabeza. Según los datos que él maneja, la policía se halla abocada en la investigación y se niega a entregar más antecedentes.

Tras beber de un envión la mitad de su taza de té, sin siquiera dejarlo enfriar, cosa que jamás hace, el Escritor de Epitafios cuenta su desaforada incursión nocturna por los alrededores del cementerio. Dice que esta noche está decidido a intentarlo de nuevo, pero ahora pretende recorrerlo por dentro. Sin mirar a ninguno de sus amigos, pregunta si alguno se atrevería a acompañarlo.

Todos responden afirmativamente.

Por la tarde, al ponerse el sol, se juntan en el café. Nadie habla mucho. Solo se fuma.

El Pintor de Desnudos cuenta algunos chas-
carros para alivianar la tensión reinante. Allí
están hasta que comienzan a cerrar el local. Entonces, sin rituales ni ceremonias, sin nada que
indique lo peregrino de la aventura que se
aprestan a iniciar —solo al Actor de Teatro
Infantil se le ocurrió llegar premunido de una
linterna—, los amigos piden la cuenta y em-
prenden su expedición hacia los recintos de la
Muerte.

Son las diez de la noche.

El Cementerio General brilla fantasmagórico bajo la luna. Inaugurado a principios
del año 1874, el recinto había sido construido
en las afueras de la ciudad; sin embargo, con el
transcurso de los años, sus más de sesenta mil
metros cuadrados quedaron enquistados en el
centro mismo de la urbe. Erigido a los pies de
los cerros, poco a poco los muertos fueron
subiendo por los faldeos, trepando metro a
metro en lo escarpado del terreno —tal vez
para quedar más cerca del cielo—, y ahora sus
territorios constan de tres niveles: plan bajo,
plan medio y plan alto.

Como aún es temprano para tomar por
asalto el camposanto —se supone que los góticos comienzan sus rituales a medianoche—,
nada más llegar frente a la explanada, tras un
rápido conciliábulo, los expedicionarios deciden pasar un rato al Quita Penas, clásico boli-
che instalado en las inmediaciones de todo
cementerio que se precie. En este caso, el local
está ubicado estratégicamente en la esquina de

14 de Febrero y Méndez, justo frente a la entrada principal del camposanto. Por ahí van y vuelven todos los cortejos fúnebres. Además, insinúa histriónico el Actor de Teatro Infantil, el ancestral temor a la Muerte no los dejaría emprender esta aventura por sus territorios —por lo menos a él— sin antes hacerse propicio a los dioses del Más Allá mediante la libación de unas cuantas cervezas heladas. O de unos buenos vasos de vino tinto, acota el Pintor de Desnudos. Menos el Escritor de Epitafios —que no ha dicho una palabra durante el trayecto—, todos aceptan de buena gana. La Poetisa Erótica dice entusiasmada que siempre ha soñado con entrar a uno de esos tugurios con olor a vino barato y ebrios de sobacos rancios.

Ninguno de ellos lo conoce por dentro.

Al traspasar el cortinaje de huinchas de plástico, de color verde, de las mismas que se usan en las carnicerías de barrio para protegerse de las moscas, se dan cuenta de que el famoso Quita Penas es un bolichito más que miserable.

«La expresión *de mala muerte* le viene *de cajón*», dice por lo bajo el Escultor de Locomotoras.

El sucucho no tiene más de quince metros cuadrados, consta solo de tres mesas arrejuntadas y un minúsculo mostrador a la derecha de la puerta. La pareja de cincuentones que lo atienden parecen ser los dueños y, según el Pintor de Desnudos, tienen todas las trazas de ser un matrimonio a la antigua, de esos a los que solo *la muerte* separa.

Entusiasmados por la melena rubia de la Poetisa Erótica, los pocos borrachos que a esas horas pernoctan aburridos estallan en aplausos al verla entrar. Luego, entre risas y tallas al «parche de pirata» del Fotógrafo de Cerros, les hacen un lugar en la mesa del fondo. Apretujados junto a una pequeña ventana con vista a la necrópolis, tras pedir dos botellas de vino y brindar con los demás parroquianos, la conversación de los amigos deriva naturalmente en los peludos temas de ultratumba, conversación a la que los borrachos, animados por lo abiertos que se muestran los recién llegados, se entrometen alegremente, sin ninguna clase de escrúpulos. Uno de ellos, al que le falta una oreja y chispea saliva al hablar, se toma traposamente la palabra y dice que él sabe la historia de un antiguo crimen pasional. A ciencia y paciencia de los amigos, el borracho, al que los demás llaman el Taza, se pone entonces a contar el caso del enano dueño de una sastrería, cerca del cine Astor, que al sorprender una noche a su esposa —una bella mujer holandesa— fornicando en el suelo del dormitorio con su amante, no halló nada mejor que traspasarlos a ambos con la barreta con que atrancaba la puerta. «Los dejó ensartados como un anticucho», ríe a carcajadas el borracho. Y termina contando muy serio que los cadáveres fueron hallados solo después de tres días, y que los bomberos de la época, al no poder extraer la barreta chupada en sus cuerpos, al final cortaron lo que sobraba del fierro y los sepultaron juntos, en el mismo ataúd, uno encima del otro, como en una macabra fornicación eterna.

Después de otras narraciones de crímenes, penadurías de ánimas y muertos enterrados vivos, el tema, como era de esperar, desvió su cauce naturalmente hacia los epitafios. Al respecto, luego de ser presentado por su apodo —y de ser recibido clamorosamente por los contertulios—, el Escritor de Epitafios es obligado por sus amigos a contar algunas de las historias que ya les ha narrado antes a ellos. Al final remata con una anécdota sobre Alfred Hitchcock que, según acota circunspecto, corría como un rumor cierto en el ambiente cinematográfico de Hollywood: se comentaba que el famoso director de cine había dejado escrito un epitafio que, al morir, nadie se atrevió a poner en su tumba:

Esto les pasa a los niños que se portan mal.

Uno de los borrachos, el más ilustrado de todos, mesando filosóficamente su desgreñada barba colorina, dice que él ya tiene previsto, como última voluntad, que no escriban nada en su tumba. Ni siquiera su nombre.

«Porque yo y ustedes, amigos míos», dice hipando solemnemente, «además de no ser nada, y venir de la nada, vamos derechito a la nada».

El Escritor de Epitafios le da su bendición y dice que es muy sabio lo que dice el amigo aquí presente, pues los patanes que aspiran a tener un bonito epitafio son aquellos que, acongojados por la ingratitud y el olvido de la gente, se gastan la vida pensando en la posteridad.

Tocado del tufillo filosófico que ya empaña la atmósfera del tugurio, el Fotógrafo de Cerros se acomoda el parche en el ojo y dice que, a propósito de posteridad y eternidad, él conoce a varios que hacen penitencia por alcanzar la Vida Eterna, y resulta que los domingos por la tarde no saben qué hacer de aburrimiento.

Es pasada la medianoche cuando los amigos salen del Quita Penas. Luego de despedirse de los parroquianos —no sin antes dejarles pagada una botella de vino blanco, que es lo que ellos están tomando—, continúan su expedición hacia la Ciudad de los Muertos. A instancias del Escritor de Epitafios se van directamente hacia el extremo norte. Ya en el lugar, iluminados por la linterna del Actor de Teatro Infantil, los varones se encaraman a duras penas sobre el muro y luego, entre todos, alzan caballerosamente a la mujer. Al asomarse hacia el interior y sentir el silencio de las tumbas, la Poetisa Erótica, visiblemente pasada de copas, abre los brazos y, transfigurada por la luz sonámbula de la luna, declama a viva voz:

«He aquí la paz absoluta».

Bajar hacia el interior les resulta más complicado. Usando cada saliente de los nichos como escalones, descienden pisando angelitos, despedazando vírgenes, despegando azulejos y triturando floreros de loza. Una vez con los pies en tierra, sobrecogidos y recelosos, muy juntos unos de otros, se internan por los silenciosos pasadizos de la necrópolis.

La atmósfera les resulta densa y pesada como una lápida. El corazón de cada uno se retuerce bajo el pecho como un enterrado vivo. Ungidos por la dolorosa luna del Sábado Santo, los expedicionarios recorren y revisan algunas de las estrechas callejuelas. Pero es en vano. No hallan ningún vestigio de la niña. No obstante, descubren con estupor que por la noche la Ciudad de los Muertos bulle de una oculta y misteriosa vida; ven y oyen cosas que jamás se imaginaron que sucediera en aquellos ámbitos de la muerte. Además de sus propias pisadas, que resuenan en la acústica de las tumbas con un eco tétrico, oyen claramente el aterrador roer de las ratas al interior de los ataúdes; oyen el chirriar de las puertas mohosas de los panteones antiguos, como si alguien las abriera y cerrara como jugando; oyen por sobre sus cabezas el arrullo fúnebre de las palomas de mausoleo que, según la Poetisa Erótica, son buchonas de silencio y mármol, y tienen las patas peludas de posarse sobre la muerte. Apoyados a los pies de un angelote de cemento, al que le falta una de sus alas y que pulsa un arpa quebrada, ven a una pareja de amantes vagabundos haciendo el amor frenéticamente, sin siquiera amedrentarse ante su presencia. Un poco más al centro del recinto, el corazón le da un vuelco a cada uno: una alta y delgadísima muchacha gótica —de las llamadas vampíricas— aparece ante ellos saltando de nicho en nicho como una macabra bailarina de ballet. Luego de la primera impresión, logran calmarse y, alcanzándola, le preguntan si conoce a Lilith, pero la niña está tan drogada que no entiende ni puede expresar palabra. Entonces descubren que la joven no está sola: dos de sus amigos góticos cuelgan de los pies desde la cornisa de un mausoleo como murciélagos humanos. Como parecen dormir plácidamente, no se atreven a interrumpirlos por miedo a que despierten de golpe y se rompan la cabeza en el suelo. Al seguir su búsqueda sorprenden, dos pasajes más adentro, a una anciana de rostro afilado como las ratas que, por las tumbas, mientras balbucea una oración ininteligible, guarda puñados de tierra en una bolsa de plástico. «Seguramente para hacer maleficios y trabajitos de brujería», dice la Poetisa Erótica. Sin embargo, lo que conmueve hasta casi el llanto a los amigos es una mujer a la que encuentran durmiendo plácidamente junto a una sepultura cuidada y adornada con esmero. La señora, de ademanes finos, cubierta por una manta azul y con una expresión perturbada en el rostro, les cuenta que todos los fines de semana se viene a dormir con su hija adolescente, muerta hace poco tiempo en un accidente automovilístico. Al preguntarle por la niña que buscan, dice que no sabe ni quiere saber nada de los góticos. «Son unos demonios que no respetan el sueño de los que aquí duermen», dice compungida. Los amigos la dejan sola y prosiguen su búsqueda en el plan bajo, donde se hallan los muertos más antiguos. Allí, junto a una vetusta sepultura construida de pino Oregón en forma de pirámide, donde hay escritas solo tres palabras: *silencio, polvo, olvido,* se detienen a descansar un rato.

Acuerdan que ya es hora de irse.

Sentados sobre un nicho se dan cuenta de pronto de que en esa parte es más audible el bisbiseo que han estado oyendo resonar todo el tiempo en sus oídos, un luctuoso susurro que colma toda la atmósfera del camposanto.

El Escritor de Epitafios dice, circunspecto, que ese murmullo sordo es el eterno rezo de los muertos rogando a Dios por nosotros, los pobrecitos vivos.

24

Durante el Domingo de Resurrección comienza a circular en la ciudad la noticia de la niña hallada muerta al interior del Cementerio General. Aunque la occisa aún no ha sido identificada (según los periodistas, se espera con expectación los informes del Servicio Médico Legal), los diarios y las radios locales dan a conocer el hecho con referencias y pormenores que rayan en lo morboso. Se conjetura que la muchacha ha sido sacrificada en un ritual satánico, uno de aquellos rituales con alcohol, drogas y sexo que, de un tiempo a esta parte, se vienen llevando a cabo al interior del camposanto. Las reseñas de la crónica roja agregan con sensacionalismo que la policía ha descubierto que los vigilantes nocturnos del cementerio tienen tratos con los góticos, que a cambio de botellas de vino, o de unos gramos de marihuana, o por dinero, les ceden algunos sepulcros para que realicen sus ritos sin ningún problema. En la investigación sale a la luz que estos cuidadores corruptos, además de estar coaligados con estas tribus satánicas, utilizan las sepulturas para esconder a delincuentes que huyen de la policía. Incluso —esto es lo que más impacta a la opinión pública— se ha descubierto que mantienen algunos mausoleos dispuestos especialmente para arrendárselos a las parejas de enamorados de las poblaciones aledañas al camposanto. Estos mausoleos acondicionados como macabros moteles de la muerte son arrendados por horas y cuentan con cochambrosos colchones de espuma, pequeñas lámparas a pilas y hasta radiocasetes. Y que los fines de semana se dan el lujo de tener licor para ofrecer a sus clientes.

El lunes por la mañana, los diarios locales publican la identidad de la muchacha muerta. Se trata de una joven de dieciocho años, estudiante de Psicología, oriunda de la ciudad de Copiapó.

Pasado el mediodía, una de las amigas de la niña gótica llega al café. Busca hablar con el Escritor de Epitafios. Le dice que Lilith está bien. O relativamente bien. Que luego de un intento de suicidio, su madre se la ha llevado a la capital para internarla por un tiempo en una clínica psiquiátrica.

Él no dice nada.

Antes de irse, la niña abre su mochila y le entrega un papel doblado en forma de cruz.

«Me dejó esto para usted».

Desde esa vez, el Escritor de Epitafios se ve más ido que nunca. Absorto en su mesa del café, estático, da la impresión de que su mente se le hubiese solidificado en un solo pensamiento. O en un solo recuerdo. Después, al correr de los días, deja de hablar. O habla lo mínimo. Todo lo que hace es escribir. Escribe de manera febril, sin alzar la cabeza de su libreta de apuntes. Las pocas veces que habla, sus palabras suenan ajenas, extrañas, esotéricas. Tras beber un sorbo de té helado, se queda mirando hacia el cielo, tal si estuviese tratando de descifrar cosas tan imposibles como la trama de la luz. Luego, se le oye decir frases insólitas, rotundas, misteriosas, frases que a la Poetisa Erótica le encantan y anda repitiendo a propósito de nada, como por ejemplo: «Quien ha volado mucho no puede ver más que cruces en el horizonte».

Una mañana, tras una semana de no emitir palabras, deja a todos pensativos cuando, después de oír las campanadas del reloj de la plaza, se pone a hablar como para sí mismo. Dice que el hombre que ha cumplido su misión en este mundo, es aquel que una tarde, al contemplar su retrato de joven, ve las facciones de su hijo, y al mirarse en el espejo por la noche atisba las facciones de su padre. Luego, agrega meditabundo que él nunca tuvo hijos y jamás conoció a su padre.

«He ahí la triste soledad del ángel», dictamina nostálgico.

Hasta que una nublada tarde de junio decide no hablar más. Con sus lentes a media asta y su té enfriándose irremediablemente, se sume para siempre en las páginas de su libreta de apuntes. Sus últimas palabras son para justificar el voto de silencio en que ha decidido macerarse. Dice haber llegado a la conclusión de que el lenguaje de los ángeles es gnómico; es decir, está hecho a base de aforismos; lenguaje que posee una inmediatez entre el pensamiento y la palabra. Bocados de oro, dice que les llamaban en la era medieval. Y explica que el aforismo se sitúa entre lo poético y lo filosófico, y que no son breves como parecen ser, sino todo lo contrario: son inconmensurables; tanto, que perfectamente puede reconcentrarse en sí mismo absorbiéndolo todo como un agujero negro.

«O explotar en un big-bang y dar origen a una nueva galaxia de pensamientos».

«¿Y Dios?», pregunta el Actor de Teatro Infantil, mirándolo con grave elocuencia.

«¿Y Dios qué?».

«¿Cómo habla?».

Aquí, la Poetisa Erótica se entromete con un entusiasmo poco disimulado y, con los ojos piadosamente en blanco, lanza una frase aprendida hace poco:

«Dios no habla, cariño, pero todo habla de Dios. Absolutamente».

«Le estoy preguntando a él», dice el Actor de Teatro Infantil.

El Escritor de Epitafios toma su taza de té con ambas manos, mira por sobre la montura de sus lentes bifocales y, cuando parece que va a contestar, baja la mirada y se queda contemplando absorto el interior de la taza.

Un halo de santidad parece rodearlo.

Tras un momento que parece interminable, como rezando una oración recién aprendida, se larga una parrafada espigada, quizás de qué texto teológico-filosófico-lingüístico, que será lo último que sus amigos le oirán decir:

«Dios no habla. Dios es palabra pura, tan pura que no habla. O si habla, no dice nada, porque nada hay que decir si no habla. Su palabra no tiene significado, porque el significado lo crea al pronunciarlo. Crea en cada fonación un objeto cuya realidad trasluce una palabra que no llegó a decir nada, porque nada había antes de ella».

Y se queda en silencio.

Cuando una hora más tarde sus amigos, los artistas, se retiran, él se mantiene en silencio. Todo aquel día y los siguientes continúa guardando silencio. Nadie, nunca más, puede arrancarle una palabra de su boca. Y se aísla en una mesa. Lo único que hace es escribir. Da la impresión de que ha convertido su libreta de apuntes —quizás cuántas libretas ha llenado— en una cápsula para incomunicarse con el mundo; una cápsula con espacio propio, con tiempo propio, con clima propio.

El silencio es su escafandra.

«Un silencio absoluto», dice la Poetisa Erótica, mirándolo tristemente desde dos mesas más allá.

Un día, alguien llegó al café con el rumor de que vieron al Escritor de Epitafios en una tienda preguntando por sábanas negras.

25

He aquí la historia del Escritor de Epitafios y la niña gótica —o del ángel de café y la niña gótica—, historia que, dirán algunos entendidos, debió terminar en la página anterior. Pero el narrador soy yo. Y yo soy el que soy (y no tengo necesidad de ponerlo con mayúsculas). Y porque siempre me han gustado los finales sentimentales, cursis, folletinescos (la sal y el agua en la historia del mundo), les estoy regalando este segundo final. Un final, por lo demás, digno del estilo del Escritor de Epitafios:

Han pasado dos años desde los hechos narrados —tiempo suficiente para que la niña gótica hubiese terminado por ahí muerta de sobredosis, o internada en una clínica psiquiátrica o, ya rehabilitada, estudiando una carrera de arte en alguna universidad—. Es verano. El paseo Prat, como siempre, es un nervioso río de gente. Las mesas del café del Centro están repletas. A la sombra de los toldos, los amigos artistas no se deciden si el mediodía es un pájaro de oro o una jaula de fuego. El Fotógrafo de Cerros, con su chaleco lleno de bolsillos y cremalleras, cargando toda la parafernalia de fotógrafo corresponsal de diario capitalino, acaba de sentarse a la mesa. El Escultor de Locomotoras, luego de pedir otra taza de café, se pone a contar que una mañana el Escritor de Epitafios le dijo que el feo edificio de la esquina se le había transfigurado de pronto en el monte Sinaí, y que el quiosco de diarios empotrado en su frontis, llameante de revistas satinadas, era la zarza ardiente.

«Pobrecito», dice la Poetisa Erótica, mirando con devoción hacia la mesa más arrinconada de la terraza. Allí, con sus lentes a media nariz y su tacita de té irremisiblemente fría (el tinte color violín y medio terrón de azúcar), el Escritor de Epitafios está concentrado en su ajada libretita de apuntes. Su chaqueta de cuero negra brilla al sol como la goma caliente de una cámara de neumático.

Una paloma color de acero se posa a sus pies.

El Pintor de Desnudos cuenta que a él una vez le dijo algo que, ahora, cada vez que observa el vuelo de las aves, se le viene a la memoria: que los pájaros eran los únicos seres que nunca fueron desterrados del Paraíso, y ahí estaban, habitando el cielo como siempre lo habitaron, desde el quinto día de la Creación.

Un chinchinero comienza su batahola de bombo y chinchín frente al café. En esos mismos momentos, desde el pasaje López, aparece el Cara de Muela recolectando monedas para su almuerzo. Christian, el mesero que ahora atiende a los artistas, se les acerca a decirles que miren hacia la mesa de su amigo.

Todos vuelven la cabeza al unísono.

Alguien se ha parado junto al Escritor de Epitafios, por detrás, como para sorprenderlo. Es una muchacha que luce falda gitana, blusa estampada de florecillas naranjas y un paramento de aretes, collares y pulseras. Aunque la joven parece como transportada de la década de los sesenta, los amigos artistas la reconocen enseguida.

Es la niña gótica. O ex gótica.

Sonriente, la muchacha toca la espalda del Escritor de Epitafios. Este deja su taza de té sobre la mesa, gira con parsimonia y alza la vista por sobre sus lentes bifocales.

Se queda perplejo.

Se acomoda los lentes. Cierra su libreta. No sabe qué hacer con las manos.

Se siente como un ángel averiado flotando a la deriva.

Ella lo mira y su sonrisa se le apaga de golpe: el Escritor de Epitafios, ahí, solo, arrinconado como un ángel huérfano, tiene los párpados, los labios y las uñas pintados de negro. En la frente —lo que más le duele a la niña— lleva un tatuaje escrito en letras góticas:

Lilith

Alfaguara es un sello editorial de Prisa Ediciones

www.alfaguara.com

Argentina
www.alfaguara.com/ar
Av. Leandro N. Alem, 720
C 1001 AAP Buenos Aires
Tel. (54 11) 41 19 50 00
Fax (54 11) 41 19 50 21

Bolivia
www.alfaguara.com/bo
Calacoto, calle 13 nº 8078
La Paz
Tel. (591 2) 279 22 78
Fax (591 2) 277 10 56

Chile
www.alfaguara.com/cl
Dr. Aníbal Ariztía, 1444
Providencia
Santiago de Chile
Tel. (56 2) 384 30 00
Fax (56 2) 384 30 60

Colombia
www.alfaguara.com/co
Calle 80, nº 9 - 69
Bogotá
Tel. y fax (57 1) 639 60 00

Costa Rica
www.alfaguara.com/cas
La Uruca
Del Edificio de Aviación Civil 200 metros
    Oeste
San José de Costa Rica
Tel. (506) 22 20 42 42 y 25 20 05 05
Fax (506) 22 20 13 20

Ecuador
www.alfaguara.com/ec
Avda. Eloy Alfaro, N 33-347 y Avda. 6 de
    Diciembre
Quito
Tel. (593 2) 244 66 56
Fax (593 2) 244 87 91

El Salvador
www.alfaguara.com/can
Siemens, 51
Zona Industrial Santa Elena
Antiguo Cuscatlán - La Libertad
Tel. (503) 2 505 89 y 2 289 89 20
Fax (503) 2 278 60 66

España
www.alfaguara.com/es
Torrelaguna, 60
28043 Madrid
Tel. (34 91) 744 90 60
Fax (34 91) 744 92 24

Estados Unidos
www.alfaguara.com/us
2023 N.W. 84th Avenue
Miami, FL 33122
Tel. (1 305) 591 95 22 y 591 22 32
Fax (1 305) 591 91 45

Guatemala
www.alfaguara.com/can
7ª Avda. 11-11
Zona nº 9
Guatemala CA
Tel. (502) 24 29 43 00
Fax (502) 24 29 43 03

Honduras
www.alfaguara.com/can
Colonia Tepeyac Contigua a Banco
    Cuscatlán
Frente Iglesia Adventista del Séptimo Día,
    Casa 1626
Boulevard Juan Pablo Segundo
Tegucigalpa, M. D. C.
Tel. (504) 239 98 84

México
www.alfaguara.com/mx
Avda. Mixcoac 274, Colonia Acacias
Delegación Benito Juárez
03240 México D.F.
Tel. (52 5) 554 20 75 30
Fax (52 5) 556 01 10 67

Panamá
www.alfaguara.com/cas
Vía Transísmica, Urb. Industrial Orillac,
Calle segunda, local 9
Ciudad de Panamá
Tel. (507) 261 29 95

Paraguay
www.alfaguara.com/py
Avda. Venezuela, 276,
entre Mariscal López y España
Asunción
Tel./fax (595 21) 213 294 y 214 983

Perú
www.alfaguara.com/pe
Avda. Primavera 2160
Santiago de Surco
Lima 33
Tel. (51 1) 313 40 00
Fax (51 1) 313 40 01

Puerto Rico
www.alfaguara.com/mx
Avda. Roosevelt, 1506
Guaynabo 00968
Tel. (1 787) 781 98 00
Fax (1 787) 783 12 62

República Dominicana
www.alfaguara.com/do
Juan Sánchez Ramírez, 9
Gazcue
Santo Domingo R.D.
Tel. (1809) 682 13 82
Fax (1809) 689 10 22

Uruguay
www.alfaguara.com/uy
Juan Manuel Blanes 1132
11200 Montevideo
Tel. (598 2) 410 73 42
Fax (598 2) 410 86 83

Venezuela
www.alfaguara.com/ve
Avda. Rómulo Gallegos
Edificio Zulia, 1º
Boleita Norte
Caracas
Tel. (58 212) 235 30 33
Fax (58 212) 239 10 51

Esta obra se terminó de imprimir en enero de 2012
en los talleres de Litográfica Ingramex, S.A. de C.V.
Centeno 162-1, Col. Granjas Esmeralda,
C.P. 09810 México, D.F.